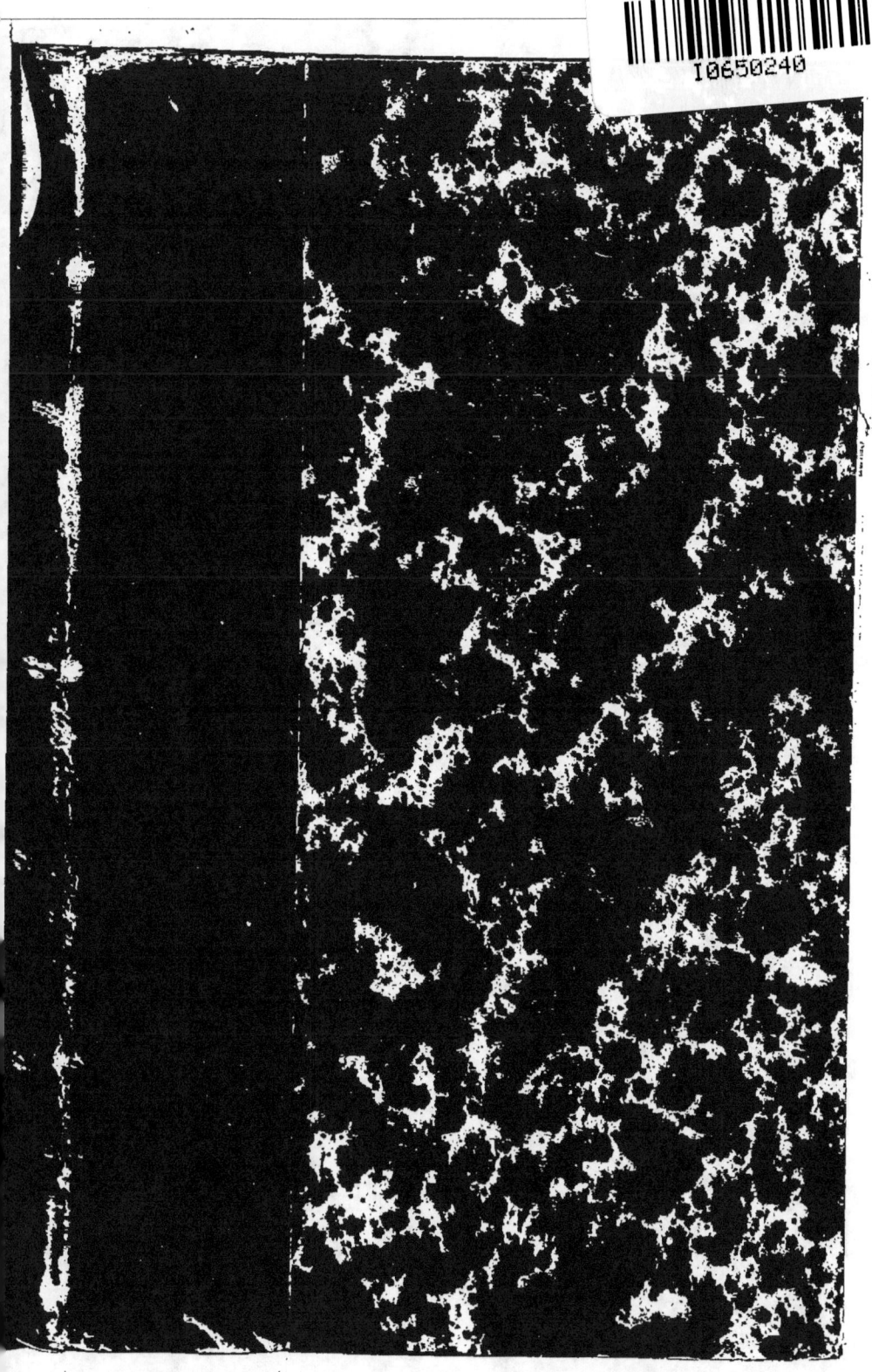

I0650240

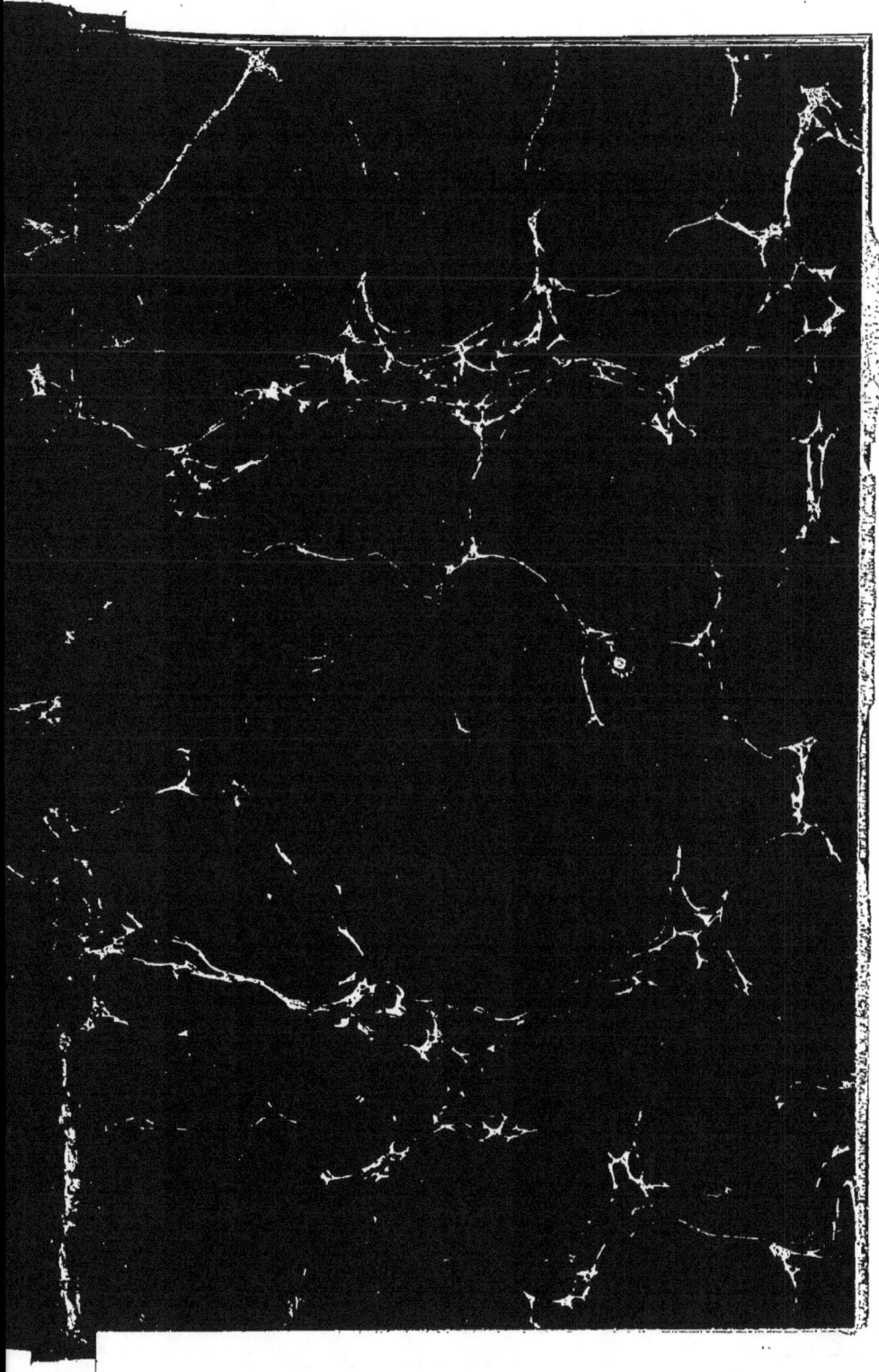

O. JUSTICE

—

DE LA

MÉDITERRANÉE A L'OCÉAN

—

Notre Canal

Conserver la Garantie

P<small>RIX</small> : 4 francs.

MELUN

A<small>RSÈNE</small> BEAUVAIS, I<small>MPRIMEUR</small>-É<small>DITEUR</small>

1886

DE LA MÉDITERRANÉE A L'OCÉAN

~~~~

NOTRE CANAL

8° V
8882

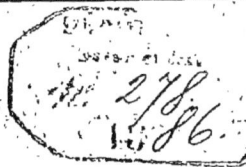
278
1886

O. JUSTICE

DE LA

MÉDITERRANÉE A L'OCÉAN

Notre Canal

MELUN

Arsène BEAUVAIS, Imprimeur-Editeur

1886

À M. Edouard Lockroy

AU PATRIOTE. — AU PUBLICISTE ÉMINENT — AU MINISTRE

Notre Canal

I

Struggle for life ! Lorsque deux
hommes se rencontrèrent, ayant faim en
même temps ; la guerre fut. C'est le sti-
mulant des énergies et de toute industrie,
cette compétition des besoins, cette lutte
des intérêts ; c'est le moteur de toute activité, de tout effort, de tout résultat. Le
jour où le combat pour l'existence serait
supprimé, l'humanité sans doute verrait
disparaître les abominables hécatombes
des guerres, et elle devrait s'en réjouir ;
mais, ce jour-là commencerait aussi pour
elle la déchéance suprême. Dans les ténèbres et l'inertie, sans émulation, sans
esprit, condamnée à une indifférence mor-
telle, elle végèterait misérablement, car
l'étincelle sacrée lui aurait été retirée à

jamais. Il n'y aurait plus ni Génie, ni Progrès. Caïn, en suspendant sa jalousie fratricide, se vouerait lui-même à l'anéantissement d'Abel.

Le peuple qui se désintéresserait dans cette mêlée éternelle et qui renoncerait à toute ambition, frappé par son isolement, accomplirait un véritable suicide. L'effort pour la conquête d'abord, pour le maintien ensuite et le développement de la supériorité et du mieux de tout bien, puis pour la suprématie absolue sur les autres espèces, est le ressort de toute action dans le monde ; c'est la loi profonde et inéluctable de la nature dans tous ses ordres, le principe essentiel et la cause autour de quoi tout s'agite, s'enchaîne et tourne à jamais. La révélation de la vie est le combat de la sélection. Plus s'élève la lutte des forces, plus elle augmente et se fait terrible. Après les convulsions géologiques, les destructions successives d'espèces par des espèces supérieures, l'homme apparaît, et sa première affirmation est un acte d'oppression sur le reste des êtres. La fraternité se manifeste tout d'abord par l'antagonisme brutal des appétits, et, dépravée par la jalousie, elle donne l'exemple du duel sanguinaire qui, avant bien des siècles, jamais peut-être, ne prendra de fin. Le semblable combat son semblable en raison de l'identité des besoins, de la parité des efforts, de l'antagonisme des compétitions. Car la conquête est restreinte et elle ne laisse place qu'à une seule domination. L'histoire des sociétés humaines n'est que la succession sanglante des scènes de ce drame éternel.

Des Hycsos aux bans des Barbares, d'Alexandre et de César à Charlemagne et à Charles-Quint, de la guerre de Cent ans à celle de 1870, de Louis XIV à Frédéric de Prusse, de Napoléon à l'empereur Guillaume, de Richelieu à Pierre le Grand, et de Pitt à Bismark, comme de Néarque à Christophe Colomb, de Cook à Stanley, de Fernand Cortès à Savorgnan de Brazza, la même appétition engendre les mêmes efforts pour la suzeraineté, provoque et met en lutte les mêmes rivalités; les intérêts identiques font la bataille semblable; c'est le combat unique qui toujours recommence ; la victoire ainsi chèrement disputée ne varie pas, elle est une. Bonne parole avec les Missionnaires, civilisation ou nationalités avec les Diplomates, gloire avec les Conquérants, le principe et le but ne diffèrent pas : le même mercantilisme se cache sous leurs fards différents ; l'héroïsme des uns dore la même cupidité que le dévouement des autres ; le sang ou les larmes de l'homme sont destinés à fertiliser les mêmes champs, à s'infiltrer dans les mêmes filons : races, monarques, religions luttent pour la suprématie et ne veulent la suprématie que pour l'enrichissement. *Struggle for life!*

Jamais la concurrence des intérêts, jamais le combat pour l'existence, d'homme à homme dans l'unité sociale, de peuple à peuple dans le tournoi universel, ne furent plus âpres, plus acharnés, plus violents. Conséquence des progrès de toute sorte, de l'accroissement et de l'élévation des besoins par suite du raffinement de l'éducation, de la notion de ses droits acquise pour chacun par l'éman-

cipation politique, de la plus large participation des efforts de tous à un but
resté identique dans ses bornes inva-
riables, enfin du perfectionnement des
engins de production, de relations et de
combat !

Bataille incessante et terrible ! La richesse est limitée ; ce n'est qu'en écrasant
le voisin qu'on vivra ; c'est de la ruine
d'autrui qu'on fera sa propre grandeur.
Quant à la gloire, fausse apparence ! il y
a longtemps que ceux-là qui en parlent et
qui en abusent le plus ont cessé de croire
à la fantasmagorie de ses éblouissements.
Ce qu'ils poursuivent, ce qu'ils ont pour-
suivi toujours, est chose plus positive et
plus profitable. Alexandre savait que, sur
les traces fabuleuses de Bacchus, il allait
au pays des opulences ; Rome voulait
usurper la domination commerciale du
monde ancien, en tuant Carthage et la
Grèce. Il y eut autre chose que l'élan sacré de la foi pour soulever les hommes
d'armes de l'Europe et pour les entraîner
sous l'étendard du christianisme à la
délivrance des lieux saints. Derrière le

sépulcre du Christ on entrevoyait la route des Indes. Le doge de Venise y cherchait un empire colonial ; le léopard d'Angleterre y trouvait le compte de ses convoitises ; la France, avec ses chevaliers de Malte, y exploitait de riches filons ; la bestialité tudesque s'y assouvissait. Le résultat en somme était plus politique que religieux, plus économique que politique. Charles-Quint, dans sa lutte contre François Ier, combattait moins pour la gloire que pour la domination des intérêts, et ce qu'ambitionnait l'archiduc bourgeois d'Anvers, quand il guerroyait avec le roi-chevalier, c'était non la vaine renommée d'un Achille, mais la constitution solide et durable de cet empire *dont les limites ne voyaient jamais le soleil se coucher*. C'est cette même politique de développements commerciaux et de suprématie économique que reprirent Henri IV, Richelieu, Mazarin, de Lyonne, Louvois, Colbert, Vauban, au nom de laquelle ils rêvèrent de doter la France de l'élément de grandeur et de prospérité qu'après tant de funestes retards nous prétendons lui assurer aujourd'hui; grâce à laquelle ils firent de la Méditerranée un lac français, et, de notre patrie, la Puissance la plus riche comme la plus glorieuse du monde, jusqu'à ce que l'oubli et la méconnaissance de ces traditions et de ces principes de notre action nationale eûssent entraîné, à la suite de la guerre de Sept ans, l'abaissement du pavillon tant de fois victorieux avec Duguay-Trouin, Duquesne et Jean-Bart, la ruine de notre commerce, l'annihilation de notre marine, la perte de nos colonies, tandis que nos rivaux éternels profitaient de nos désastres, s'enrichissaient de nos malheurs, et que nos fautes, en même temps qu'elles nous amoindrissaient, décuplaient la force coloniale de l'Angleterre et consacraient dans le concert européen la virtualité de ce royaume de Prusse qui se dresse implacable et formidable aujourd'hui devant nous.

C'est cette politique dont le penseur retrouve constantes l'instigation et la poussée à chaque page de l'histoire de notre vieux monde, et qui, par la bru-

talité des armes ou l'habileté des traités,
a présidé à l'élévation et au renversement
de toutes les dominations. De même que
les prétoriens n'étaient que les gardes de
César, les armées triomphantes et les di-
plomaties subtiles ne furent jamais que
ses instruments, ses ministres et ses cour-
tiers. C'est elle qui, au fur et à mesure
que les civilisations se développaient sur
les bords privilégiés de la Méditerranée,
concentrait la vitalité politique et les
énergies commerciales de trois continents
dans ce bassin admirable, où le génie du
vieux monde se trempa dans l'azur har-
monieux, où tant de fois l'empire suprême fut disputé, et dont la suzeraineté
paraît être le gage de la souveraine puissance dans l'Occident. Toutes les sociétés
établies sur ses rivages prédestinés ont
joué tour à tour un rôle prépondérant
dans l'histoire des peuples. Penchées vers
la mer, du haut des claires murailles, elles
recevaient de la transparence mobile des
eaux, le reflet, étincelant de soleil, des
mirages de quelque merveilleuse Colchide
et la vision des lointaines et opulentes

contrées ; dans la rumeur éternelle des vagues, elles écoutaient frémir d'irrésistibles appels de syrènes ; les voix du vent dans les pins de la forêt, sur les pentes retentissantes de la montagne, leur conseillaient, comme autant d'oracles, de leurs mystérieuses résonnances, d'abattre les vieux patriarches, de les travailler, de les joindre et d'en faire des galères, et de se confier à Neptune, et de se lancer à la conquête de la toison d'or. Ils allèrent ainsi, Phéniciens, Grecs, Carthaginois, Romains, Espagnols, successivement, suivant le littoral, de golfe en golfe, de calenque en calenque, aventureux, conquérants, commerçants, ces argonautes intrépides, initiateurs des voyages d'exploration et de la politique coloniale ; ils établirent partout des villes aux murs éblouissants,

la blanche Oloossone et la blanche Camyre...;

en multipliant les relations entre les hommes, ils instituèrent leur propre puissance, et, en même temps aussi, quelque chose de plus durable, une telle intensité de vie, une telle force d'idées, une telle propagation de civilisation que, même conquis et dominés, ils devinrent les maîtres de leurs vainqueurs et qu'ils restèrent les instituteurs par excellence comme les grands agents commerciaux du vieux monde. Tyr, Athènes, Milet, la Crète, Carthage, Rome, dans l'anti-quité ; — Gênes, Venise, le Portugal, au moyen-âge ; — dans les temps modernes, l'Espagne, la Hollande, l'Angleterre ont trouvé le secret de leur puissance et de leur prospérité dans le développement de leur marine et de leurs colonies, dans le soin jaloux avec lequel leurs efforts, leurs sacrifices, leur sang furent consa-crés à multiplier les comptoirs, à acca-parer les lignes de transit, à régner sur tous les marchés, dans leur politique enfin de suprématie économique et d'ex-pansion commerciale.

Naviguer, explorer, coloniser, c'est étendre son pays, c'est l'agrandir ; c'est en augmenter aussi la puissance, en même temps que les ressources ; car élargir les relations c'est reculer les frontières, et tout accroissement en prospérité équivaut à une augmentation en forces.

Dans cette lutte, ce n'est pas au pays dont le sol est le plus abondant en produits immédiats qu'appartient l'avantage, mais à celui qui manufacture et surtout qui trafique le plus. Le commerce est l'instrument par excellence de la fortune des peuples, levier du progrès, agent des intérêts, facteur de la supériorité agricole et industrielle, gage et excitateur de tout crédit. Que ceux dont le patriotisme se préoccupe à bon droit de la crise douloureuse que nous achevons de traverser se pénètrent bien de cette vérité : ce n'est pas en exagérant des droits protecteurs dont le contre-coup frapperait à mort notre commerce déjà si amoindri, qu'on viendra en aide à l'agriculture et qu'on soulagera l'industrie, d'ailleurs moins cruellement éprouvée que la passion des partis ne se plaît à le répéter; ce n'est point en favorisant avec une partialité aussi funeste qu'aveugle la jalouse intolérance d'une minorité de grands propriétaires ou

1*

de spéculateurs sur les grains, et en enle-
vant leur trafic à nos ports, dont la déser-
tion serait la conséquence fatale de la
réaction des surtaxes protectionnistes,
qu'on fera rechercher nos produits, qu'on
leur procurera des prix plus rémunérateurs sur le marché européen, qu'on élè-
vera l'intérêt de la terre et qu'on enrichira nos laboureurs et nos vignerons. On
les entraînerait systématiquement dans la
ruine commune. C'est, tout au contraire,
en poussant au commerce qu'on répondra
aux besoins réels de l'agriculture. Il lui
faut de l'argent, des débouchés, du crédit.
Seul le commerce les lui donnera. Le
plus grand trafic fait les plus hauts prix.
L'extension des relations, la multiplicité
des échanges relèveront sa prospérité. Ce
n'est pas en se condamnant à l'immobilité
et à l'isolement qu'un peuple répare ses
désastres. Mais il prépare sa sûre revanche par la poursuite obstinée d'une politique de compensations extérieures. Le
pays qui, établi sur des mers, avec une
étendue de côtes assez considérable pour
offrir à tous les besoins des ports nom-

breux et commodes et pour y attirer la spéculation, aurait une assise continentale assez forte pour tenir tête aux attaques du dehors, serait assez fertile, assez riche en matières premières pour braver au besoin un blocus, posséderait un réseau étendu de chemins de fer, des cours d'eau nombreux rayonnant de son plateau central aux divers points du littoral, un ensemble de canaux reliant entre elles toutes ses voies naturelles et complétant son système de communications et de transports, et qui, en même temps trouverait le moyen de s'assurer une marine puissante, des débouchés nombreux, des colonies riches et étendues, presque à ses portes, enfin le privilège de la majeure partie du transit universel....., ce pays-là deviendrait à coup sûr la première puissance du monde; aucune rivalité ne pourrait lui disputer l'empire sur les marchés et sur les grandes routes maritimes.

Ce privilège, presque ce monopole, cette suprématie exclusive, la France — et la France seule — peut les avoir. Elle réunit tous ces avantages par sa situation ex-

ceptionnelle; également ouverte à la navigation, par ses 2,876 kilomètres de côtes,
et en communication avec le centre de
l'Europe; baignée par deux mers, dont
l'une est cette Méditerranée, si fréquentée,
si importante, que, de tout temps, les nations en rivalités d'intérêts s'en disputèrent la domination comme un apanage de
fortune et de grandeur; placée entre la
partie la plus large du grand lac intérieur
et la partie la plus libre de l'Océan, sur
la normale de l'extrême Orient à l'extrême
Occident, c'est-à-dire sur l'axe commercial du transit le plus considérable; ayant
le climat le plus tempéré, le sol le plus
fertile comme le plus riche en matières
premières de toutes sortes, des chemins
de fer nombreux, des cours d'eau qui
jaillissent d'un massif central pour se jeter
dans la Manche, l'Atlantique, la Méditerranée, c'est-à-dire portant l'activité et la
circulation, du cœur aux extrémités oppo-
sées et dans toutes les directions, des canaux qui relient entre eux la plupart de
ses fleuves, une race laborieuse et trem-
pée, un génie d'une rare vivacité, une

richesse qu'envient ses voisins, et présentant enfin, par un bonheur sans pareil, à cet immense et formidable courant d'échanges entre l'Europe septentrionale et les richissimes contrées de l'Indo-Chine et de l'Australie, LES DEUX ROUTES TRANS-VERSALES LES PLUS COURTES DE L'EUROPE ENTIÈRE, celle du Havre à Marseille et celle de Bordeaux à Narbonne.

Que lui a-t-il donc manqué pour étendre et pour maintenir une souveraineté incontestée? De savoir profiter des faveurs de la nature, de se préoccuper un peu plus de ses intérêts immédiats, d'être plus elle-même. Trop aristocratique et trop latine, elle étouffe dans ses bandelettes classiques, dans ses préjugés, dans ses traditions, ses codes et son éducation à la romaine. Le jour où l'on aura brisé ce vieux moule, où *l'on aura commencé l'émancipation dès le Collège*, oh ! l'admirable et généreuse poussée d'esprit, de forces et de progrès! Ce sera une nation nouvelle qui surgira, avec une merveilleuse puissance de virilité et de génie : dans son patriotisme, cette libre nation ne négligera rien de ce qui peut accroître sa grandeur et augmenter sa prospérité. Jonathan remplacera M. Jourdain. Et Jonathan, lui, comme John Bull, comme l'Allemand — tandis que la France des traditions a toujours été la dupe et la victime de ses élans chevaleresques et de son faux idéal, — Jonathan sait que la guerre ne se fait pas pour la guerre, pour la gloire encore moins, mais pour la vie, pour le commerce, pour les monopoles. *Business is business.* On se bat à coups de canon pour se vaincre à coups de tarifs.

Ce grand commerce international dont les compétitions des peuples les plus avisés se disputent la prépondérance, facteur de la richesse et de la puissance, est essentiellement un commerce maritime. La navigation est la voie économique par excellence, la seule qui se prête parfaitement aux relations lointaines et aux transits considérables. Tous les autres moyens de transports sont trop onéreux, exigent trop de manutentions, sont soumis à trop de tarifs, et, pour un même con-

voi, comportent des quantités trop divi-
sées. Aujourd'hui surtout que la transformation du propulseur est un fait accompli et que les progrès de la construction ont permis d'obtenir les plus
grandes vitesses en même temps que les
aménagements les plus vastes à bord des
bateaux, un rôle de plus en plus prédomi-
nant appartient à la marine. Les chemins
de fer conviennent surtout aux trafics
partiels et intérieurs. Pour les chargements
de quelque importance, la supériorité du
transport par eau est incontestable ; et,
partout où il est possible, le commerce
réserve sa préférence au roulage maritime
ou fluvial. Les éléments de la précellence
dans la lutte peuvent donc être établis
comme il suit : marine, colonies, ports
nombreux, sûrs et dotés d'un outillage
perfectionné, maximum du trafic et privilège du transit général.

Un rapide retour sur l'histoire du passé
nous a montré qu'en effet ces éléments
furent ceux de la suprématie des empires
qui tour à tour ont dominé dans l'antiquité. Tels sont les véritables trophées que

sé disputèrent, que se disputent encore
les peuples. Cet objectif de puissance économique est précisément celui qu'avec
une énergie plus terrible que jamais, poursuivent les rivalités contemporaines. Le
véritable drapeau dans cette mêlée formidable est le caducée symbolique de l'antique Mercure, et, tandis que les ingénieurs,
aidés par la force irrésistible des millions,
ici forent dans les plus fières montagnes
de gigantesques tunnels, là percent les
isthmes pour raccourcir les trajets et
abréger les distances, la politique des
Etats, pacifique ou belliqueuse, gravite
dans le cercle unique des intérêts, autour
de ce but absolu : la victoire commerciale.
Politique russe, politique anglaise, politique allemande, politique italienne visent
également à accaparer les colonies, c'est-à-
dire des débouchés pour leurs produits et
des sources de richesses nouvelles pour
leur trafic, à développer leur marine, à
faire prédominer leurs marques sur les
marchés, leur pavillon sur les mers, à
perfectionner leur outillage, à multiplier
leurs voies de communication, à monopo-

liser les transits, à devenir les grands entrepositaires et les premiers fournisseurs du vieux monde. Ces rivaux redoutables ne reculent devant aucun effort, devant aucun sacrifice ; car ils savent que les capitaux placés dans les armements maritimes, les ports, les canaux, les comptoirs, doivent produire au centuple. Comme le reste du monde est presque entièrement occupé, c'est sur le continent vierge encore, l'Afrique, que se précipite l'avidité des ambitions en concurrence. Américains, Anglais, Allemands, Belges, Italiens, Espagnols se disputent les possessions et les établissements, soit sur les côtes, soit sur les rives merveilleuses de ces fleuves qu'un français a explorées et d'où la jalousie saxonne aurait voulu arracher le drapeau planté par Savorgnan de Brazza. Et comme deux grands courants commerciaux se partagent le monde, Europe-Amérique, Occident-Orient, que le premier, à travers l'Océan, échappe au monopole, tandis que le second, à travers la Méditerranée, peut être, à cause des deux passages de Suez et de Gibraltar,

sinon entièrement accaparé, du moins
dominé ; que ce bassin privilégié a été de
tout temps le centre d'action des grandes
luttes de l'humanité, berceau des civilisations, d'où sortirent les plus puissants
empires, champ de bataille où se dénouè-
rent tant de tragédies mémorables et où
furent anéanties tant d'orgueilleuses for-
tunes ; et que sur les rivages de cette mer
s'étendent les contrées les plus fertiles, les
plus industrieuses, les plus commerçan-
tes, les plus riches, qu'elle commande
également l'Afrique et la route des Indes,
et qu'elle est enfin comme une immense
citadelle entre les trois continents que bai-
gnent ses flots, témoins de tant de choses
inoubliables ; c'est vers elle, la mer histo-
rique par excellence, que se resserre et se
concentre l'effort des compétitions euro-
péennes. Question d'Orient, politique
anglaise, conquête allemande, duplicité
italienne, qu'il s'agisse des Balkans ou de
la Grèce, du Danube ou du Saint-Gothard,
de Salonique ou du Maroc, d'Alexandrie,
de Malte, de la Tripolitaine, de Tunis....
ont pour principal objectif, elle, elle sur-

tout. Quelle puissance pourtant, — il le faut répéter — occupe une position plus forte par rapport aux autres, plus exceptionnelle par rapport à la Méditerranée, que la France, placée comme un entrepôt naturel, un trait d'union et un passage direct, à l'intersection du grand courant d'Amérique en Europe et d'Orient en Occident, la France à cheval sur deux mers, et développant sur le bassin méditerranéen 700 kilomètres de côtes, avec Marseille, le plus beau, le plus ancien, le plus illustre de ses ports, avec la Corse, sentinelle avancée, avec l'Algérie, l'Inde française d'Afrique !

Mais les fautes du passé pèsent cruellement sur nous depuis la Guerre de sept ans. Après l'héroïque épopée de la Convention, après l'assassinat de la République, après les réactions, après les palinodies, après les abaissements, nous n'avons eu que luttes stériles et convulsions à l'intérieur, systématiquement provoquées par la résistance des hiérophantes au légitime mouvement en avant de la démocratie. Les hautes et larges conceptions

de l'intérêt social ont fait place aux scur-
rilités byzantines de la politique parlementaire. L'étiolement de l'esprit de parti
a succédé à la virile et généreuse ivresse
du patriotisme et du rajeunissement.
Trois révolutions ne semblent avoir servi
qu'à étayer les débris de trois trônes, l'es-
trade solennelle du haut de laquelle Bri-
d'oison, au nom de la bureaucratie dicte
ses lois à la routine servile. La fôôôrme
asservit le Génie. La paperasserie arrête
le Progrès ! Et si une Idée surgit, grande,
pratique, nationale, destinée à centupler
la puissance et la prospérité du pays, sans
se demander si cette idée n'est pas la plus
admirable et la plus profitable conception,
si elle ne se recommande pas pär son an-
cienneté et sa noblesse historiques, si elle
ne s'impose point par les besoins du moment, si elle n'est pas enfin toute indiquée
par la Nature qui a pris soin de nous en
faciliter providentiellement la réalisation,
il suffit de l'hostilité de quelques médio-
crités vaniteuses ou de quelques spéculateurs hypocrites, d'une calomnie perfide
semée dans une antichambre ministérielle,

de quelques articles achetés ce qu'ils va-
lent à la plume d'un Giboyer quelconque,
et d'une commission d'enquête malveil-
lante, ou, ce qui est pire encore, insou-
ciante, pour discréditer, arrêter, enterrer
à jamais cette idée.

La situation géographique exceptionnelle que la France possède sur l'axe
normal des relations entre l'Occident et
l'Orient, et qui doit lui assurer une prépondérance économique sans égale, a été
éludée par des rivalités implacables, qui,
non sans combat et sans blessures cruel-
les, ont réussi à nous isoler en détournant
— au prix de quelles difficultés et de quèls
sacrifices ! — du passage à travers notre
pays le transit dont c'était la direction
naturelle, en créant autour de nous des
établissements et des concurrences qui
sont autant de menaces pour notre sécurité, autant de dangers et de dommages
pour notre commerce. La prévoyance du
cabinet de Saint-James a échelonné les
positions dans la Méditerranée, de Gibraltar à Suez, comme à l'entrée de la
mer Rouge à Aden et à Périm; le pavillon

britannique flotte à Malte et à Chypre ; l'influence de la Cité est prépondérante à Alexandrie et au Caire. L'Allemagne qui n'a pas discontinué d'appliquer tout l'entêtement de sa patience tudesque à constituer une marine et qui a presque réussi ; l'Allemagne — c'est tout le secret de sa politique trop vantée ; car, depuis si longtemps qu'elle était la misérable, la stipendiée de l'Angleterre et la déclassée de l'Europe, ses appétits étaient formidables, et M. de Bismarck fait du socialisme à bon compte, à la façon barbare, au détriment d'autrui ; — cette Allemagne qui a pris d'abord les duchés pour se donner des ports, créer des arsenaux, s'ouvrir des relations et commencer un embryon de flotte, qui a fait Sadowa pour s'avancer vers la Méditerranée, et Sedan pour s'assurer le Rhin et nous imposer les tarifs désastreux du traité de Francfort, aujourd'hui, — tandis que l'Angleterre surveille les Baléares et prend pied dans le golfe de Naples, — après nous avoir évincés de la plupart des marchés, avoir surpris nos procédés de fabrication, installé sa con-

currence jusque chez nous, détourne une
partie du transit par le chemin de fer du
Saint-Gothard et s'apprête à porter à
notre marine, à nos ports, à tout notre
commerce un coup plus funeste encore
par l'ouverture de la ligne directe de Salonique à Hambourg.

Cependant la langueur et le découragement s'emparent de la nation, la confiance fait place au malaise, et, tandis que
des capitaux énormes sont disponibles et
réclament vainement un placement avan-
tageux, comme l'a démontré encore l'élan
du dernier emprunt, le silence et l'inertie
s'installent dans les ateliers frappés par le
chômage, les grandes usines voient diminuer leurs commandes, la souffrance de
l'industrie répond à la misère de l'agriculture, l'une et l'autre atteintes grave-
ment par la concurrence de l'étranger et
par l'avilissement des prix ; les agents du
dehors ligués avec les haines politiques
exploitent la gêne de l'ouvrier, au détriment de notre production, et fomentent
des crises sociales dont nos ennemis sont
les seuls à profiter ; les grèves se multi-

plient, et, tandis que le travailleur français ne peut trouver l'emploi de son activité, toutes les exploitations, les travaux, les chantiers, sont envahis par des
milliers de parasites doublement dangereux qui arrivent de tous côtés d'au-delà
des frontières ; le gouvernement, entravé
par les réticences parlementaires, n'ose
ou ne peut recourir qu'à des demi-me-
sures ; les grandes Compagnies dont la
féodalité exerce une pesée si redoutable
dans un état démocratique se renferment
dans une indifférence expectante et peu
bienveillante. Le pays se plaint, le pays
souffre ; et, des empiriques, ceux qui ne
cherchent pas à l'exploiter proposent
d'inutiles remèdes. Et pourtant il y a une
lutte à entreprendre, à soutenir, à mener
à bien, lutte gigantesque, mais dont le
succès est certain. Il y a une revanche à
prendre, une revanche commerciale ; il y
a une suprématie à restaurer, une politique de compensation à faire valoir, un
fief méditerranéen à recréer ; de graves
désastres, dont les premiers remontent à
plus d'un siècle, à réparer avec éclat : non

pas en exposant les millions de la France
et le sang, plus précieux, de nos soldats,
dans des aventures désormais condam-
nées; sans nous isoler ni nous immobiliser toutefois; mais, au lieu de l'exporter
et de la perdre au loin, en ramenant à
nous et en concentrant à nos portes cette
recherche de la supériorité maritime et
coloniale; en mettant Oran, Alger, Tunis,
la France d'outre-mer, en relations immédiates non plus avec quelques ports voisins,
Toulon, Marseille, Cette, Port-Vendres,
mais avec tous nos grands ports de l'Océan
et de la Manche, avec Bordeaux et avec
le Havre, c'est-à-dire avec la métropole
toute entière; en justifiant ce canal de
Suez qui, sans ce complément indispensable, reste moins profitable à nous, dont
il est l'œuvre, qu'à l'accaparement britannique; en éludant Gibraltar d'un côté,
le Gothard de l'autre, et en prévenant
la concurrence nouvelle que nous fera
la ligne de Salonique à Berlin; en amenant, par une préférence que justifiera
son incontestable avantage, le transit
d'Orient en Occident à devenir notre tri-

butaire et à nous apporter l'élément le plus
précieux de notre relèvement économique, car le commerce attire le commerce;
en établissant cette suprématie, si profitable à tous, si étroitement liée aux intérêts des autres nations, qu'une tentative
contre notre sécurité porterait désormais
une atteinte à la prospérité générale; en
accomplissant enfin ce qu'Henri IV, Richelieu, Vauban, voulaient faire, ce qu'il
sera glorieux pour la République d'avoir
entrepris et exécuté..... en appelant toutes
les forces du pays à concourir à l'œuvre
colossale et vraiment nationale qui fera de
notre patrie la reine de la Méditerranée et
l'une des puissances les plus florissantes
du monde, en creusant la communication
directe, indiquée par la nature, entre le
bassin intérieur et l'Océan, en ouvrant au
transit du monde cette route normale,
commode et sûre, à travers l'isthme de
Languedoc, de Narbonne à Bordeaux, en
perçant le canal des deux mers.

Et puisque dans la mêlée universelle il
n'est pas permis, sous peine de déchéance
et de suicide, de se désintéresser, de se

tenir, indifférent et calme, à l'écart, *struggle for life* et *go a head!* à notre tour et nous aussi, *en avant!* Mais comprenons qu'il y a à faire plus et mieux que de livrer de sanglantes batailles; comprenons que nous avons entre nos mains le secret et le gage de la réussite. Sachons en profiter. Le canal..... voilà le principal remède à la crise dont souffre le pays, voilà le relèvement de notre prospérité et notre rénovation économique, voilà l'avenir.

Celui qui signera l'ordre de donner le premier coup de pioche, aura bien mérité de la patrie!

II

II

Trois conditions d'existence et de prospérité sont indispensables au commerce :

La sécurité ;

La vitesse ;

L'économie.

Une marine de guerre puissante, l'autonomie des opérations dans des eaux indépendantes, protégées par un pavillon également redoutable et respecté, la multiplicité, l'abri, la meilleure installation des ports, tels sont les éléments de la sécurité pour une flotte marchande.

L'abréviation des lignes de transit ramenées le plus possible à la rectitude de la normale, la suppression des manutentions, toujours longues et onéreuses, la facilité d'accomplir les voyages de longs cours sans rompre charge, sont les gages de cette vitesse dans les opérations que le commerce maritime, pour qui surtout le temps est de l'argent, recherche comme

le facteur essentiel de la supériorité et du
succès.

Enfin, l'économie est la résultante de
ces deux coefficients indispensables du
trafic international, par la suppression
des risques, des retards, et des augmentations de dépenses de toutes sortes qui ré-
sultent de la fréquence des chargements
et des déchargements, et de la longueur de
la traversée.

I

Quand on jette un regard sur le relief
de la France, après avoir admiré le développement de nos 2876 kilomètres de
côtes : sur la mer du Nord (72 kilomètres);
sur la Manche (1079), sur l'Atlantique
(1025), et sur la Méditerranée (700), on est
frappé du peu d'éloignement relatif qui
sépare celle-ci de l'Océan, et l'on se prend
à regretter que l'altitude au point de
partage des deux grands versants dresse
un obstacle à la traversée directe des

flottes et des escadres, des eaux d'une mer dans celles de l'autre. La péninsule ibérique oppose le contour de ses côtes représentant pour la navigation un allongement de 1,400 à 2,000 kilomètres, et l'unique passage, Gibraltar, les anciennes colonnes d'Hercule, est jalousement gardé par une forteresse formidable, établie dans le roc et armée de trois cents canons. Le cuirassé qui essayerait de forcer le défilé malgré la terrible sentinelle, quelles que fussent sa puissance et sa vitesse, serait immanquablement perdu. C'est une menace permanente, une servitude dont l'humiliation s'aggrave de la certitude du danger, et dont le souvenir sanglant de Trafalgar doit rendre plus sensible à la France, l'avertissement sinon le défi porté dans les plis du pavillon britannique.

Si la contrainte de passer sous les batteries de notre éternelle rivale est une vexation permanente pour l'amour-propre national, si la nécessité de contourner le Portugal et l'Espagne pour passer de la Méditerranée à l'Océan, des ports du Nord et de l'Ouest à ceux du Midi, constitue pour la France une infériorité nautique, rompt l'unité stratégique de la défense mobile de notre littoral, et, en temps ordinaire, n'est pas sans graves désagréments, il saute aux yeux les moins expérimentés qu'en cas de guerre, il y aurait là un danger tellement grave et d'une telle nature, que les plus grands désastres pourraient en être la conséquence. L'impossibilité de concentrer à volonté nos forces navales sur un point menacé, de faire concourir nos divisions de la Manche et de l'Océan aux mêmes opérations que l'escadre de la Méditerranée nous affaiblirait considérablement et pourrait mettre, à tel moment, nos arsenaux à la merci d'une ruse ou d'un coup d'audace d'un ennemi puissant, ayant d'une mer à l'autre ses communications assurées. Il suffirait pour cela de forces assez considérables pour immobiliser nos vaisseaux attirés au loin et dispersés par des feintes habiles, tandis qu'une escadre décidée à tout frapperait le coup décisif. Puisse une pareille éventualité, pour la paix du monde et pour le bien de notre patrie, ne

jamais se réaliser! Mais ne convient-il pas
de prévoir les pires évènements, afin de se
mettre à l'abri de toute surprise? Est-elle
si hasardée, si impossible, l'hypothèse
d'un conflit dans lequel trois puissances,
que l'intérêt et l'histoire montrent également hostiles à la France, uniraient leurs
animosités et leurs prétentions dans une
coalition contre la République et feraient
marcher leurs escadres combinées sous le
pavillon anglais, allemand et italien à la
fois contre nos ports de l'Ouest et contre
Toulon? Puissent les relations courtoises
être à jamais maintenues! Mais ne pour-
rait-il surgir tel incident qui forcerait la
diplomatie à céder la place à un arbitre
sanguinaire? Le canon ne peut-il plus
tonner en Europe? Et qui sait quelles
redoutables secousses il déterminerait?
L'orage ne s'est-il pas formé déjà plus
d'une fois, menaçant, et amoncelant précisément ses nuages du côté de cette Méditerranée où la France plantait son drapeau victorieux en Tunisie, et sur les
bords enchantés de laquelle M. de Moltke
venait à deux reprises promener ses cal-

culs taciturnes au pied des Alpes, notre
frontière italienne ? Si cette cruelle nécessité de recourir aux armes se produisait
jamais, n'est-il pas permis de prophétiser
que la guerre serait maritime et qu'elle
aurait son principal champ de bataille
dans le bassin intérieur si longtemps ap-
pelé le grand lac français ? La lutte des
rivalités et des compétitions est trop intense, trop d'intérêts sont concentrés, en
contact et en opposition, dans cette mer,
où furent depuis des siècles nouées et dé-
faites tant de destinées, pour qu'on ne
se sente pas autorisé à prévoir que là se
jouerait la tragique partie dont l'enjeu
serait la suprématie commerciale et maritime en Occident, et dont l'issue déci-
derait tant de graves modifications, en
créant des courants nouveaux, en réduisant à une vassalité économique telle puissance, peut-être même en préparant la
disparition de tel Etat, dans une carte
remaniée du bassin. Que ferait la France,
les choses restant telles qu'elles sont aujourd'hui ? Malgré le progrès incontestable de sa marine et la supériorité de

son armement — supériorité à laquelle un
lord de l'amirauté rendait naguère hommage dans une brochure qui causa une
vive émotion de l'autre côté du détroit,
et que, tout récemment, le 11 juin 1886,
dans la discussion du budget de la marine, à la Chambre des Communes,
M. Reed constatait du haut de la tri-
bune (1), — le glorieux éclat de ce pavillon auquel les hauts faits de l'amiral
Courbet ont ajouté un rayon de plus, ne
risquerait-il pas d'être terni par un échec
que tout l'héroïsme serait impuissant à
conjurer? Qu'on suppose la guerre dé-
clarée..... Nos divisions de la Manche et
de l'Océan sont prêtes; l'escadre d'évolutions se tient sous vapeur; Toulon,
Rochefort, Cherbourg, Brest, Lorient
arment, arment encore et donnent tout ce
peut fournir l'activité excitée par le patriotisme. On accomplit des prodiges; la

---

(1) La France, a dit M. Reed, possède une marine
formidable capable de repousser tous les navires non
cuirassés ou cuirassés, de seconde classe, qu'on peut
lui opposer. Le peuple anglais ne saurait consentir à
une domination de la marine française.

flotte est impatiente de se mesurer avec
l'ennemi. Mais deux escadres immobi-
lisent nos divisions de l'Ouest, tandis que,
dans la Méditerranée, des forces impo-
santes tiennent en respect nos cuirassés et
menacent notre grand arsenal. Les conditions de la guerre moderne, la création
d'engins nouveaux et d'unités de combat
d'un type particulier exigent, pour la tactique navale, une extrême vitesse, une
grande indépendance et la possibilité
d'une concentration soudaine. De ces éléments de l'avantage dans les opérations,
le dernier, la concentration de tout ce que
nos ports devraient faire entrer en ligne,
serait rendu *absolument impossible* par
l'éloignement, par les hasards d'une longue traversée, et surtout par les batteries
de Gibraltar. En admettant l'hypothèse
hardie de la liberté du passage, le temps
que les renforts mettraient à contourner
l'Espagne suffirait pour permettre, et au
delà, l'accomplissement d'un désastre.
Mais, le passage, comment espèrerait-on
le forcer ? Lorsque les Anglais ont dépensé cinq cents millions pour fortifier ce

rocher et y établir leurs trois cents canons, lorsque, depuis 1704 qu'ils s'en
sont emparés par surprise, ils n'ont pas
discontinué de concentrer dans cette place
les armements les plus formidables, il
semblerait vraiment qu'ils aient eu la di-
vination de l'importance décisive que la
Méditerranée était destinée à prendre
dans les débats européens après le percement du canal de Suez. Ils n'avaient,
du reste, qu'un objectif : tuer notre puissance , déconsidérer notre influence ,
amoindrir notre pavillon et ruiner notre
commerce dans le Levant.. S'ils n'ont
réussi qu'à moitié ; il n'est que trop vrai
qu'ils nous ont porté un tort considérable.
Et, il faut bien le reconnaître, quelque
triste que soit cette constatation : leur
antagonisme n'a pas manqué d'alliés pour
cette besogne. Quand ils en voudront, ils
trouveront des renforts dans la Spezzia.

L'ancien lac français est aujourd'hui
transformé en une sorte de couloir où
veillent des sentinelles jalouses. Les Anglais s'en sont institués les guichetiers. Ils
ont fait de la Méditerranée une façon de

corps de garde, où leurs forces sont éche-
lonnées, depuis Gibraltar jusqu'à Alexandrie et à Port-Saïd ; ils sont fortifiés à
Malte, fortifiés à Chypre ; ils dominent
dans cette malheureuse Egypte que leurs
intrigues n'ont pas discontinué de travailler ; de Périm et d'Aden ils comman-
dent la mer Rouge et rendent inutiles
ainsi les dispositions destinées à sauve-
garder la neutralité du canal : si bien que,
de l'isthme au détroit, ils semblent être
chez eux, avec dès amis allemands qui
font de Salonique une succursale de
Hambourg, et des feudataires toujours
prêts à vouloir démontrer la supériorité de
leur *Duilio* ; et qu'à leur volonté les deux
portes peuvent être fermées, l'une occu-
pée par leurs croiseurs, l'autre qui leur
appartient ; et que la mer intérieure est
ainsi comme un défilé dans lequel il serait facile de nous bloquer et dont les
souvenirs de Trafalgar et d'Aboukir
doivent nous rappeler qu'il serait trop
possible de faire un défilé des fourches
Caudines.

Le percement de l'isthme de Languedoc par un canal donnant accès à nos escadres comme à nos flottes marchandes, cette œuvre grandiose et vraiment nationale, en éludant Gibraltar, en permettant la concentration rapide et sûre de nos forces navales, préviendrait tout désastre et garantirait, en cas de conflit, à la marine française une telle supériorité, à nos établissements côtiers une telle sécurité, qu'il n'y aurait ni Puissance ni coalition qui n'hésitâssent dès lors à tenter l'aventure.

Nos rivaux le savent bien, et, plus préoccupés que nous de ce qui est d'un intérêt capital pour assurer la suprématie dans la lutte, ils redoutent la réalisation de ce gigantesque projet. Qu'on se rappelle l'émotion profonde et toute récente causée en Angleterre et en Allemagne par le passage du torpilleur 68, de la Manche à la Méditerranée, par les voies intérieures. La Prusse vota aussitôt 200 millions pour le canal dit, lui aussi, des deux mers, qui doit mettre en communication la mer du Nord et la Baltique, afin d'éviter le contour du Jutland et le passage des détroits entre le Danemark et les Etats Scandi-

naves, soit une traversée de 650 kilomètres. Chez nous, au contraire, c'est 2,400
kilomètres (de Bordeaux à Marseille)
qu'il s'agirait d'épargner : et l'Espagne
entière se lèverait pour acclamer une
œuvre qui la vengerait d'une humiliation
permanente et la délivrerait d'une geôle !

En 1880, alors que l'opinion publique
et le Gouvernement étaient, grâce à M.
Duclerc, saisis de cette question, parut
dans un journal anglais un article qui
trahissait les préoccupations et les secrè-
tes anxiétés de nos voisins. Il était dit
notamment que l'exécution de notre
canal *serait la revanche de Waterloo* ;
qu'*elle doublerait la puissance maritime
de la France;* et que *l'Angleterre serait
obligée d'augmenter d'autant son effectif
naval et d'entretenir dans la Méditerranée
une flotte permanente puissante.*

Serait-il hasardeux d'ajouter que la
création du canal national serait aussi une
première revanche de Sedan et de Metz?

C'est qu'en effet, le passage direct d'une
mer à l'autre donnant accès à nos cuirassés, ce serait pour la France, non seule-

ment la préservation de tout échec, mais le décuplement de sa force maritime et par contre-coup celui de ses flottes de commerce.

Or, la réalisation du passage des cuirassés n'offrirait aucune difficulté sérieuse.

Mais, en admettant même que, pour des raisons d'économie ou de prudence, on ne donnât pas accès dans le canal aux léviathans d'acier, le résultat resterait égal pour la défense et pour la marine.

L'apparition d'un engin irrésistible, des modifications profondes inaugurées dans le matériel nautique de guerre n'ont été encore que le prélude d'une révolution qui est à la veille sans doute de s'accomplir. Une unité tactique a fait son apparition qui va régner et faire la loi. Au torpilleur de haute mer, au torpilleur sous-marin appartiendra, dans un avenir prochain, le dernier mot dans la défense mobile et dans la lutte maritime.

Le type des citadelles flottantes, si coûteuses, lourdes à la mer, peu maniables, trop vulnérables à la torpille, avec ou sans filet, devra faire place à des formes

plus légères, croiseurs dociles au gouvernail, indépendants, doués d'une vitesse supérieure, et aptes également à la poursuite et à l'allure en chasse ; la tactique de l'avenir l'exige ainsi. De plus en plus, la supériorité des navires de combat dépendra de leur agilité et de leur vitesse. L'amiral Jurien de la Gravière déclare, dans son livre des *Grands combats de mer*, que :
« il faudrait à la France une flottille con-
» çue de façon à pouvoir traverser rapi-
» dement, en profitant de nos fleuves et de
» nos canaux, le vaste territoire qui, par
» une faveur inappréciable de la Provi-
» dence, a un débouché sur trois mers. »
Il ajoute encore : « Il faut de tout notre
» pouvoir poursuivre parallèlement deux
» fins particulières convergeant au même
» but : 1° accroître le moyen d'action et
» d'efficacité de notre flottille ; 2° dimi-
» nuer autant que possible le tirant d'eau
» de la flotte. Toute invention qui nous
» conduit à ce résultat, toute nouveauté
» qui menace les colosses et tend à éman-
» ciper les moucherons, est un progrès
» dont la marine française ne saurait trop

» s'emparer, *car il n'en faut pas plus pour*
» *doubler en quelques années ses forces et*
» *sa puissance !* »

Le canal des deux mers doit être, entre
tous, ce progrès.

On n'ignore pas du reste que l'opinion
de l'auteur que nous venons de citer se
trouve être précisément celle aussi de
l'amiral Aube, partisan de la supériorité
du torpilleur sur le cuirassé, et dont les
remarquables études sont présentes à la
mémoire de tous. C'est l'avis partagé par
les hommes de mer les plus compétents et
les plus distingués. On a vu dans la guerre
du Tonkin combien, parfois, la lourde
masse des cuirassés et leur fort tirant d'eau
étaient gênants, sinon dangereux, dans
certaines passes, pour certaines évolutions.
Les récentes manœuvres ordonnées, sous
la direction de deux de nos officiers les plus
remarquables, par un ministre éminent
et soucieux de l'avenir de notre marine,
ne paraissent pas avoir été moins proban-
tes.

Le canal, par la suppression d'un dé-
tour de 2,400 kilomètres, par l'élimina-

tion de Gibraltar, répondrait admirablement à cette nécessité de la plus grande
vitesse et de la rapidité des concentrations dans la tactique nouvelle. En sup-
posant son accès interdit aux cuirassés de
premier rang, il faciliterait encore le passage aux 29/30mes de la flotte actuelle, cuirassés de second rang, frégates, transports, croiseurs, avisos, canonnières, torpilleurs; il mettrait entre elles nos divisions en relations directes, sûres, constantes, qu'aucun risque, qu'aucun retard
ne pourrait interrompre; il établirait le
contact entre Toulon et Brest et Cherbourg. Sur un total de 600 millions que
représente notre matériel naval, c'est une
valeur de plus de 300 millions qu'il mettrait à l'abri de toute éventualité.

Grâce à lui également, ce matériel lui-
même augmenterait, nos arsenaux deviendraient plus nombreux, le recrutement de
la flotte serait facilité. Il créerait en effet
une sorte de marine intérieure. Outre le
grand port de Narbonne, d'une importance exceptionnelle et dont l'établissement est un des points les plus essentiels

du projet, outre les importants ouvrages de fortification, les chantiers, l'arsenal, de l'entrée de la Gironde, le canal serait dans toute son étendue une sorte de vaste port continu, se développant sur un espace de 450 kilomètres, avec des chantiers de construction, des formes de radoub, des bassins d'armement et de désarmement, échelonnés sur ses bords, des ateliers que la proximité de la houille, du fer, du bois et la disponibilité d'une force motrice énorme feraient promptement les rivaux de ceux de l'Angleterre, et des magasins d'approvisionnements de toutes sortes, que leur situation à l'intérieur du pays rendraient inaccessibles. Ainsi placée hors de toute atteinte, la puissance navale de la France décuplerait de valeur.

Ce que l'Angleterre a prétendu faire pour l'Inde, en établissant ses étapes de Gibraltar à Bombay, le canal le réaliserait pour l'Algérie et la Tunisie, dont l'importance serait accrue en raison des relations plus faciles et de la sécurité plus complète.

Notre rivale doit sa prépondérance et

sa force à l'étendue de ses côtes et à ses ports.

Le canal doterait la France d'une côte ininterrompue de 3,326 kilomètres, dans lesquels elle aurait gagné, outre les deux ports de premier ordre, de Narbonne et de Bordeaux, 450 kilomètres représentés par le profil de la Méditerranée à l'Océan, équivalent, en tenant compte des deux rives, à 900 kilomètres. Un pareil développement de littoral faciliterait notablement et rendrait plus actif le recrutement des équipages, car le nombre des inscrits augmenterait; et, en favorisant les progrès et la prospérité du cabotage, il populariserait le goût de la navigation. Comme on y trouverait désormais une carrière avantageuse, il y aurait tendance croissante à l'enrôlement pour le service de mer. La population d'une côte nouvelle de 900 kilomètres deviendrait maritime.

II

L'ouverture du grand canal national ne sera pas, au point de vue technique, moins utile à la marine marchande qu'à nos flottes militaires, car, outre la sécurité qu'il lui vaudra par l'accroissement de notre autorité sur les mers et par l'extension de la défense mobile, il lui procurera encore une sûreté précieuse et non moins complète par la création ou l'amélioration de ports importants, par le progrès du cabotage, par la suppression des risques et des retards de la traversée de Gibraltar. Les deux points de débouquement du canal dans la Méditerranée et dans l'Océan sont destinés à devenir rapidement deux centres d'activité et de transactions considérables. L'un d'eux existe. Bordeaux, cité illustre, port autrefois de premier ordre, mais qu'une négligence coupable, l'oubli des engagements plusieurs fois contractés, l'insuffisance des fonds dans la rivière, celle des quais, des docks, de l'outillage, en favorisant la concurrence de ses rivaux, ont fait peu à peu déserter et ont réduit à une regrettable infériorité. L'urgence d'un agrandissement, d'une amélioration du port de Bordeaux, s'impose comme une inéluctable nécessité. C'est aujourd'hui une question de vie ou de mort pour l'intelligente capitale du Sud-Ouest. Ces travaux sont du reste depuis longtemps réclamés et promis. Dès 1866, M. Emile Péreire déclarait dans une proclamation : « Bordeaux deviendra le plus vaste entrepôt de l'univers; une navigation sera ouverte d'une mer à l'autre ! »

L'entreprise du canal accélérerait la réalisation de ces anciennes promesses, et, en même temps qu'elle apporterait un élément d'inappréciable prospérité à la grande cité girondine, elle assurerait à notre marine marchande, par la construction des nouveaux bassins et des docks, un aliment nouveau d'activité, un gage de progrès. Elle lui créerait également sur la Méditerranée un débouché opulent, une clientèle florissante, un entrepôt magnifique, et surtout le port de refuge si impérieusement nécessité par les dangers de la navigation dans le fond du golfe du Lion, entre l'Espagne et la côte française, de Barcelone à Cette, dans des parages exposés à des tourmentes violentes, et démunis de mouillages et d'abris. Ce n'est pas uniquement en la couvrant d'un pavillon fort et respecté, qu'on assure la sécurité d'une marine; c'est en lui évitant les risques et les dangers de la mer, en diminuant sa prime d'assurances, par la création de havres et de ports aussi confortables que possible, qui ne contribuent pas moins à sa fortune. Si la multiplicité des refuges garantit la navigation sur une côte, elle contribue aussi puissamment à sa prospérité. C'est pourquoi il est permis de dire que le port de Narbonne, loin d'être un rival funeste pour Port-Vendres et pour Cette, leur profitera au contraire; de même que le canal attirera une nouvelle clientèle à ces ports, ainsi qu'à Nice, à Marseille, à Bordeaux, à Saint-Nazaire et au Havre.

Il aura enfin pour notre marine marchande un effet plus efficace encore. Il

fera revivre le cabotage, auquel la méta-
morphose opérée dans l'art nautique par
l'application de la vapeur comme force
motrice, ainsi que le développement du
réseau des chemins de fer ont porté un
coup fatal. Le cabotage est l'âme de la
navigation ; on peut le considérer comme
le principe de la force navale d'un pays.
Roulage de la mer, il représente, lorsque
les circonstances le favorisent et qu'il est
en honneur, une somme considérable d'affaires, en même temps qu'il est la pépi-
nière du recrutement, l'école des vrais et
solides marins. Sa résurrection doit donc
être un fait d'une extrême importance ; et
elle dépend du percement de l'isthme de
Languedoc. En effet, si les voies ferrées
et les flottes à vapeur lui ont porté un tort
incontestable, c'est cependant moins encore à la faveur de ces moyens de transport qu'à la rivalité dominante des Anglais, qui semblent s'être fait, jusque dans
nos eaux, un monopole du trafic de mer,
que notre marine à voiles doit son inférior-
rité, sa ruine. Et le succès de cette concurrence tient à ce que le défaut de continuité

des côtes oblige la France à avoir deux cabotages distincts, l'un de Dunkerque à Bayonne, l'autre de Banyuls à Menton. Cette restriction des affaires dans le champ d'action limité de chacun, l'obligation de rompre charge pour soumettre la cargaison à des transbordements et à des manutentions qui triplent les frais, l'impossibilité de prendre des connaissements d'un littoral pour l'autre littoral, sont autant de causes d'infériorité néfaste pour notre flottille marchande. En Angleterre, malgré l'immense progrès de la marine à vapeur, grâce à la continuité des côtes, il n'en est pas ainsi. En 1883, chez nos voisins d'Outre - Manche, le cabotage dépassait 80 millions de tonneaux, tandis qu'il n'est chez nous que de 3 millions. Il en résulte que la majeure partie du transit va à nos rivaux. Nos armateurs voient avec désolation le chiffre des affaires baisser chaque jour, les affrètements diminuent de plus en plus dans nos ports, les bateaux restent à leur mouillage tristement inactifs, la construction est menacée de mort, les capitaines sans emploi maudissent la for-

tune ; tandis que les steamers et les cargo-
boats de nos concurrents sillonnent nos
mers, encombrent nos quais, accaparent
le commerce, au détriment de notre marine qui se voit bientôt perdue sans es-
poir.

Sait-on que le mouvement de la navigation en France, y compris le grand et le
petit cabotage, s'est élevé en 1883 à
29,668,487 tonnes de jauge, *dont 3o o/o
seulement sous pavillon français*, en sorte
que NOUS PAYONS ANNUELLEMENT A L'ÉTRAN-
GER ET SURTOUT AUX ANGLAIS PLUS DE 400
MILLIONS DE FRANCS.

L'Etat, après les Chambres de Commerce, les Prud'homies et les Syndicats,
s'est préoccupé de cette décadence désastreuse et a cherché à y apporter un remède.
Mais ce n'est pas plus en frappant l'étranger de surtaxes de pavillon qu'en créant
des primes de construction, d'armement
et de navigation, qu'on relèvera le cabotage, qu'on revivifiera notre marine marchande. C'est en lui procurant des affaires,
en assurant sa prospérité par la certitude
et la continuité de son occupation, en lui

ouvrant des ports, en lui créant des débouchés, en lui amenant une clientèle, en
la dotant d'un grand courant, dont elle
sera la maîtresse et où elle sera chez elle.
C'est le canal qui, en permettant de courir
de Dunkerque à Menton, sans rompre
charge, en faisant affluer les produits et le
trafic du monde entier sur ses rives, en
échelonnant ports, docks, entrepôts, chantiers, usines, en fournissant sans cesse un
frêt rémunérateur, fera la rénovation de
notre marine, comme il deviendra un Pac-
tole pour la France. Affranchie de l'into-
lérable, de l'épuisante concurrence du
pavillon britannique, sûre du lendemain,
redevenue active et en honneur, elle re-
prendra son rang et sa supériorité. Et, s'il
est vrai que l'accroissement des relations
et des opérations commerciales augmente
la puissance et la prospérité d'un pays, le
canal sera donc l'œuvre de sa grandeur
comme l'agent de sa richesse pour notre
patrie.

III

Si nos rivaux appréhendent la réalisation de ce projet, contre lequel il serait
bien difficile à aucune diplomatie de sus-
citer des obstacles, leur jalousie, leurs
craintes ont un autre mobile que l'amour-
propre militaire ou nautique, — l'intérêt
même de ces monopoles, de cet empire
colonial, en vue desquels ils ont si âpre-
ment travaillé, et depuis si longtemps, à
préparer cette sorte d'isolement de la
France, blocus économique, plus terrible
que le blocus armé rêvé par Napoléon,
mais qui n'aurait plus ni efficacité ni raison d'être après l'ouverture du canal des
deux mers.

Le passage direct de Narbonne à Bordeaux, en permettant aux plus gros
navires de transiter sans rompre charge,
en leur faisant gagner au moins deux jours
sur la traversée de Gibraltar, nous donne-
rait dans le tournoi des intérêts un avantage marqué et nous attribuerait sans
conteste une domination qui semble jus-

qu'à présent rester l'apanage de nos com-
pétiteurs.

Quand on étudie la carte commerciale
du monde, on est frappé du nombre considérable de services établis, à travers
Suez et la Méditerranée, du Kamtschatka,
des mers du Japon et de Chine, de la
Nouvelle-Calédonie, de l'Australie, de la
Pointe de Galles et des Indes, de Maurice,
de Bourbon, de Madagascar et de la côte
orientale d'Afrique, à l'Europe occidentale.
Cette ligne qui, du fond de l'Océan Indien
et du Pacifique, vient s'épanouir dans
tous les ports échelonnés depuis Gibraltar
jusqu'à Liverpool, Londres, Anvers, dans
toutes les eaux du nord-ouest et du nord
de notre vieille Europe, cette ligne est
celle du transit le plus actif et le plus
opulent comme le plus ancien du monde,
parce que, partant des contrées les plus
fertiles en matières premières et en produits directs de consommation, elle aboutit aux pays les plus énergiques, les plus
industriels de l'univers. Elle représente
l'axe commercial de l'ancien monde tellement important que les grands mouve-

ments transatlantiques entre l'Europe et
l'Amérique ne la surpassent pas en prospérité, et que de tout temps les peuples
ont combattu pour sa possession. La route
des Indes, depuis le fabuleux Hercule,
depuis les Sésostris et les Alexandre, jusqu'à Leibnitz, qui aurait désiré en doter
la France de Louis XIV, jusqu'à nos
jours où tant de sacrifices ont été faits
pour en usurper le monopole et pour y
établir une prépondérance profitable, a
été considérée comme le gage de la suprématie économique par les nations de
l'Europe. Elle se profile selon une direction dont la tendance est la normale, que
des obstacles insurmontables empêchent
d'être d'une droiture parfaite, mais que
chacun s'efforce de rectifier et de raccourcir le plus possible à son profit. Le percement de l'isthme de Suez, en abrégeant
le trajet par la suppression du périple de
l'Afrique, en le rendant beaucoup plus
sûr par l'élimination des risques du cap
de Bonne-Espérance, a augmenté encore
l'intensité du trafic sur cette ligne et a
attiré dans la Méditerranée un courant

plus actif d'affaires et de transit. La
France était autorisée à espérer qu'elle
bénéficierait dès lors du bonheur excep-
tionnel de sa situation non seulement sur
la transversale de ce mouvement commercial, mais encore à l'intersection du courant d'Orient en Occident et du courant
d'Amérique en Europe. Marseille et le
Havre, Narbonne et Bordeaux étaient dé-
signés pour être les quatre grands entrepôts, les quatre grands ports du commerce universel. Mais il eût fallu, pour
que ce résultat fût obtenu, que l'œuvre
nationale, dont le canal de Suez n'aurait
dû être que la première partie, eût été
parachevée, que cette tranchée navigable
entre la mer Rouge et la Méditerranée ne
fût que la porte d'entrée, l'avant-canal
d'un autre passage bien autrement important pour nous, celui-là, de la Méditerranée à l'Atlantique, à travers l'isthme de
Languedoc, au bénéfice de la France seule,
à qui il eût été épargné de voir une œuvre
si considérable, entreprise et exécutée par
un français, avec des capitaux français,
être peu à peu accaparée par ceux qui au

début l'avaient systématiquement com-
battue avec la plus jalouse hostilité, dont
les banck-notes s'étaient détournées de la
souscription européenne pour sa réalisation, et qui attendaient que le succès se
fût affirmé pour arracher au khédive les
liasses d'actions grâce auxquelles ils ont
pu dans la suite s'immiscer dans son exploitation, prendre une attitude arrogante
et si bien faire servir ce passage oriental
à leurs intérêts, par l'usurpation de presque tout le trafic, que notre commerce et
notre marine se trouvent, quant aux résultats économiques, en être les victimes
plutôt qu'ils n'en ont été enrichis. Après
le canal de Suez, le canal des deux mers
s'imposait, parce que *seul, en supprimant le
passage par Gibraltar, qui est un danger, en
évitant le contour de la péninsule ibérique qui
allonge le trajet et qui augmente également
les risques et les frais, en permettant de se
rendre sans rompre charge des points extrêmes de l'Orient aux ports de l'Europe occidentale et septentrionale,* il procurait à la
spéculation ce que celle-ci recherche
comme les éléments indispensables du

succès, la *sécurité*, la *vitesse* et l'*économie*, il s'imposait comme devant être préféré à n'importe quelle autre route et
sans qu'aucune concurrence pût être établie contre lui.

S'il eût été exécuté dès cette date, alors
qu'il était réclamé par le vœu des intérêts, et que les promesses électorales s'en
faisaient une séduction auprès des populations méridionales, quels désastres,
peut-être, dont, aujourd'hui encore, la
France souffre cruellement, n'eûssent pas
été évités ! Mais c'était à cette époque,
comme le disait M. Laliman, dans une
remarquable brochure publiée (1866)
précisément sur cette palpitante question
d'un canal à ouvrir de Narbonne à Bordeaux et dans laquelle l'honorable mem-
bre de la Société d'agriculture de la
Gironde faisait preuve de la clairvoyance
du penseur comme du souci du patriote
pour la fortune de la France ; c'était à
cette époque « où la fumée d'une certaine
« gloire et le clinquant des mœurs étaient
« une sorte de repoussoir à toute entre-
« prise de longue haleine véritablement

« utile et sérieuse. » Les promesses officielles ne furent pas tenues. Dans une
proclamation du 25 mai 1863, le séna-
teur Piétri, préfet de la Gironde, disait :
« Par son importance, la Gironde pré-
« occupe au plus haut point l'esprit de
« l'Empereur. Dévoué au commerce, il a
« prêté une main toute puissante aux
« plus vastes projets : les bateaux transat-
« lantiques sont créés ; une *navigation*
« *intérieure* sera bientôt ouverte de l'une
« à l'autre mer, et vos flottes n'auront
« plus à passer sous le canon de Gibral-
« tar... »

Vingt-trois ans se sont écoulés, le port
de Bordeaux attend encore les plus indispensables améliorations, la simple batellerie elle-même est ruinée sur le canal
du midi, livré au monopole abusif d'une
Compagnie intolérante, et le transit international attiré dans la Méditerranée par
Suez, mais détourné de la France par
Gênes, Brindisi, Trieste, Fiume, et par
le chemin de fer du St-Gothard, déserte
de plus en plus Marseille et nos lignes
françaises, pour enrichir l'Etranger de

nos désastres commerciaux!

N'était-ce pas folie que d'espérer que les voies ferrées suffiraient au trafic et qu'elles seraient adoptées par le transit de la Méditerranée à l'Océan? « Croire, — écrivait « M. Laliman dans la brochure déjà citée, « — croire que les navires en charge pour « ou de Suez viendront mouiller dans la « métropole de la Gironde ou dans celle « des Bouches-du-Rhône, uniquement « pour décharger ou transborder leur car- « gaison sur de chétifs chalands ou sur « les wagons de la ligne du Midi, afin de « les réembarquer une troisième fois dans « l'un de ces deux ports serait les rêves « d'illuminés, mais non d'hommes sérieux « et pratiques. Les marins aimeront mieux « doubler le détroit de Gibraltar, à coup « sûr, et ce sera autant de perdu pour la « France, tant que le nouveau canal ne « permettra pas aux navires partant de « Londres, de Liverpool ou de la Baltique « en destination de la mer Rouge, de pro- « fiter de la traversée du Languedoc, *et* « *vice versa* pour les navires venant de « l'Inde, de la Chine, de l'Australie, en

« destination de l'Europe septentrionale.

« Il est donc facile de comprendre que
« ni Bordeaux, ni Marseille, non plus que
« la voie ferrée qui dessert ces deux points
« extrêmes, n'auront rien à gagner dans
« le *statu quo* ; qu'il y perdront au con-
« traire cet appoint immense, le transit
« universel qu'ils devraient attirer à tout
« prix, et qui, s'éparpillant, comme nous
« l'avons dit, par Gibraltar, n'abordera
« aucun de ces deux ports français. »

Il était facile d'ailleurs de prévoir que,
du moment qu'on négligeait de créer la
continuation française du canal de Suez
et qu'on s'en tenait aux chemins de fer
pour le transit d'une mer à l'autre, la rivalité de l'étranger ne manquerait pas de
s'attacher à construire des voies plus directes, plus rapides, plus abréviatives, et
d'y offrir l'avantage de tarifs inférieurs à
ceux de nos compagnies, afin d'accaparer
le trafic, toutes les fois que la spéculation
ne préfèrerait pas Gibraltar, même avec
ses retards et ses risques, aux inconvénients des manutentions successives dans
les deux ports intermédiaires. C'est en

effet ce qui est arrivé. Ce que présageait le judicieux auteur des lignes précitées s'est réalisé, pour le damn de notre marine et de notre négoce. Nous avons vu plus haut dans quelle proportion la flotte anglaise accapare les transports, rend nos maisons ses tributaires et tient nos armateurs en échec. Nous avons déploré la ruine de notre cabotage et l'amoindrissement de notre long cours. Ce que l'Angleterre a fait sur mer, l'Allemagne, l'Italie, l'Autriche, le font par les voies de terre. Ainsi, dans la mêlée universelle des intérêts en lutte, les mêmes rivalités se trouvent coalisées contre la même nation pour entamer sa prospérité, pour épuiser peu à peu sa sève généreuse et puissante.

La crise économique que nous traversons et qui, en attaquant toutes les branches du commerce, de l'industrie, de l'agriculture, atteint cruellement toutes les classes de la Société, sévit plus particulièrement et depuis longtemps sur nos ports et sur notre marine marchande. Si, grâce à la puissance de leurs monopoles et à la garantie de l'État, les grandes Compagnies de chemins de fer n'ont pas encore été trop éprouvées, elles doivent se sentir sérieusement menacées, et des abaissements de tarifs concordant avec des augmentations de vitesse pourront seuls conjurer pour elles le désastre. C'est ainsi que la Compagnie P.-L.-M. se voit dans la nécessité d'étudier un progrès à introduire dans sa traction, et d'augmenter ses vitesses de Calais à Brindisi, sous peine de perdre la riche clientèle de la Malle des Indes. Il s'est produit depuis vingt ans une diminution notable et progressive dans les affaires générales, mais principalement dans celles de nos ports de Bordeaux et de Marseille. Cette reine de la Méditerranée, naguère si opulente et si fière, attristée aujourd'hui par de successives épreuves, voit dans les progrès de ses rivales italiennes des pronostics inquiétants; et les statistiques comme les doléances de ses corps constitués, de sa Chambre de commerce, de ses journaux, ne manifestent que trop le mal en même temps qu'elles trahissent douloureusement les justes préoccupations qu'inspire un avenir de plus en plus assombri.

Il est permis, tout en tenant compte des autres principes de cette crise, d'en attribuer une des causes sérieuses à la non-exécution du canal de Narbonne à Bordeaux, dont la conséquence a été de livrer sur mer plus des deux tiers du trafic aux Anglais, et, sur terre, depuis le percement du Saint-Gothard, de favoriser les ports italiens et autrichiens au détriment des ports français, les lignes italiennes et allemandes au préjudice des lignes françaises. C'est avec raison qu'en 1885, M. Waddington, bien placé pour éclairer son enquête, déclarait à la Chambre qu'il faut attribuer en grande partie le malaise dont souffre la France à l'ouverture de la ligne du Saint-Gothard, qui a détourné de notre pays un courant considérable d'affaires et qui est venue ainsi achever notre isolement économique. Cette situation fatale, préparée avec une patience sûre par nos ennemis, et signalée par M. Duclerc en 1880, outre qu'elle nous énerve et nous épuise, favorise singulièrement la concurrence étrangère sur les marchés extérieurs. Dépérissement lent, mais progressif de la France !

M. de Bismark avait promis un Sedan économique : il tient terriblement sa parole ! Pourquoi a-t-il fait accorder une subvention de 200 millions à l'entreprise du tunnel du Saint-Gothard, situé cependant hors du territoire prussien, sinon parce que l'Allemagne avait un intérêt militaire et commercial de premier ordre à la création de cette route, parce que le chancelier y voyait une des réalisations majeures de son plan gigantesque, une menace pour notre frontière du sud-est, un amoindrissement pour notre transit? Par ce passage les forteresses italiennes sont désormais reliées aux forteresses allemandes, Kiel, Jade, Berlin communiquent avec la Spezzia, comme Brême, Hambourg et les centres industriels de la Prusse avec Gênes et l'Adriatique. La ligne du Gothard a suffi pour rendre inutiles les 2,193 kilomètres de voie ferrée qui relient Calais à Brindisi, et pour détourner vers l'empire germanique une fraction considérable des affaires dont le courant avait jusqu'alors appartenu à la France. Par le Gothard en effet le commerce trouve une ligne directe de Gênes et des différents ports de l'Adriatique, à Anvers et aux stations importantes de l'Europe septentrionale. Il faut ajouter à cela que le trajet ainsi rectifié se trouve être moins coûteux, en raison de l'avilissement des tarifs sur les chemins de fer étrangers, qu'enfin les ports italiens et autrichiens sont en général supérieurement outillés et qu'ils offrent à leur clientèle des avantages exceptionnels. Les préférences sont donc acquises à ces points de débarquement, où d'ailleurs une partie du nord et tout le centre de l'Europe font affluer leurs affrêtements, de sorte que les navires sont toujours certains d'y trouver à charger sans retard et dans de bonnes conditions. Aussi ces ports rivaux gagnent-ils chaque jour, parce que l'outillage y est plus parfait, le coût de la manutention plus modéré, et que les opérations y sont abondantes; parce que les Compagnies et les Gouvernements s'efforcent d'y attirer la marine du monde; parce que, surtout, des lignes

de fer partent de leurs quais, pour couper
court à travers l'Europe, et qu'elles assu-
rent au commerce ce qu'il recherchera
toujours avec empressement, le chemin le
plus bref, le droit au but, c'est-à-dire
cette économie du temps qui représente
le premier gain dans les affaires. Ces nouvelles lignes épargnent notablement sur
les trajets du Nord et du Nord-Ouest de
l'Europe aux échelles du Levant et aux
comptoirs de l'Océan indien et du Pacifique.

Si de cet isolement économique de la
France l'Angleterre est presque seule à
profiter sur mer, c'est l'Allemagne qui, sur
le continent, en retire le plus d'avantages.
La production et le commerce de Berlin,
de Leipzig, de Dantzig, de Francfort, de
Cologne, ont plus que décuplé ; Dantzig,
Brême, Hambourg ont pris le premier
rang dans la statistique des ports de l'Europe occidentale. Leur mouvement est
devenu immense, leur chiffre d'affaires
colossal. Celui de Hambourg est arrivé à
primer Marseille et Anvers lui-même. En
même temps Gênes, Brindisi, Trieste, qui

alimentent pour la meilleure part cette
activité et cette expansion de l'Allemagne,
se sont germanisées peu à peu. Il en sera
bientôt de même de Salonique, par où
l'absorption teutone s'avance dans l'Ar-
chipel, progresse vers la mer Egée, au détriment du Danube, à côté de Constanti-
nople, en face de Suez ; et d'où un chemin
de fer, déjà presque achevé, reliera par
une ligne directe la Méditerranée à Berlin,
et Berlin à Hambourg.

Telles sont les conséquences de Sadowa
et de Sedan, plus terribles dans leurs ef-
fets économiques que ne le furent les désastres militaires de ces deux chocs de
deux grands empires contre le pangerma-
nisme envahissant.

L'Angleterre est maîtresse dans la Méditerranée, où elle a établi des étapes forti-
fiées et dont elle tient les clefs ; elle a accaparé la majeure partie des transports,
dont elle se fait une sorte de monopole.
Nous sommes ses tributaires. Nos flottes
passent sous ses canons à Gibraltar, à
Malte, à Chypre, à Aden. La majeure
partie des achats de nos manufacturiers

se font à Londres ou à Liverpool, d'où
par exemple, les laines d'Australie et les
cotons d'Égypte nous *reviennent* ainsi
grevés d'une plus-value de 15 à 20 0/0.

L'Autriche gagne dans l'Adriatique par
Trieste et par Fiume. Une ligne solide et
puissante relie cette mer au grand fleuve
allemand, le Rhin, et à la mer du Nord.

L'Italie s'agite, se fait entreprenante,
et, fidèle aux vieilles traditions de condot-
tiérisme, s'associerait sans trop de peine
aux manœuvres hostiles. Gènes fait échec
à Marseille.

L'Allemagne prend position à Salonique et, acharnée, travaille à l'achèvement
de l'œuvre commencée depuis longtemps
et poursuivie avec tant de ténacité. Le
monstre allonge ses tentacules sur tous les
points accessibles de la Méditerranée. La
ligne du Gothard était une étape contre
Marseille; celle de Salonique à Berlin sera
un pas vers Suez. La voie de Gènes,
de Trieste, de Brindisi à Anvers par le
Gothard établissait déjà une concurrence
désastreuse à notre trafic de Marseille au
Havre et à Calais. Celle de Salonique à

Berlin et de là à Brême et à Hambourg ne portera pas un moindre préjudice à la route des Alpes et au port d'Anvers; elle détournera encore le courant du transit en raccourcissant la ligne de traversée de l'Europe. Mais c'est pour la marine et le commerce de la France qu'elle sera le plus désastreuse. L'exploitation du chemin de fer du Saint-Gothard a permis de juger du tort considérable qui nous était déjà porté. M. Guillaumin estime que le transit détourné de la route française par l'antagonisme de cette voie se chiffre par centaines de mille tonnes, équivalant à des millions de francs !

La création d'industries nombreuses dans des contrées jadis tributaires de la France; l'extension et le perfectionnement des chemins de fer dans les diverses parties du vieux monde ; le percement des Alpes; la création de routes nouvelles plus directes et par conséquent préférées, ont déterminé : 1° un excès de production, cause de la crise économique qui sévit sur toute l'Europe; 2° le déplacement des courants commerciaux, cause

majeure de l'amoindrissement de la
France, du malaise, de la langueur des
affaires, de l'appauvrissement de la marine marchande.

Il est malheureusement à craindre
que l'achèvement des autres grands travaux entrepris en dehors de nous n'aggrave le mal en profitant moins à la France
qu'à l'étranger, si, mieux avisés, instruits
par une expérience qui nous coûte cher,
nous ne savons conjurer le péril et reporter
vers nous le grand courant de la prospérité, en forçant l'axe du transit à se re-
dresser pour passer à travers notre pays,
c'est-à-dire en réalisant le canal des deux
mers.

Ce n'est qu'en améliorant nos voies navigables, nos ports et leur outillage; c'est
surtout en ramenant, par la percée de
l'isthme de Languedoc, le mouvement des
échanges d'Orient en Occident à sa direction normale, la transversale de Narbonne
à Bordeaux, que nous lutterons contre
Anvers, Hambourg, Salonique, Fiume,
Brindisi, Trieste, Gênes, que nous dé-
jouerons les projets d'écrasement et d'an-

nihilation de notre commerce, et que nous reprendrons le premier rang dans les marines du monde, comme la royauté dans la Méditerranée. La navigation, ainsi qu'il a été dit déjà, étant la voie économique par excellence, — ce qui coûte *huit* centimes par chemins de fer ne coûte plus qu'*un* centime par canal, — il est évident que le jour où une route sera ouverte aux flottes nombreuses qui font le trafic de l'Occident à l'Orient, le jour où les grands paquebots et les portefaix des mers pourront, sans rompre charge, passer de la Méditerranée dans l'Océan, du port de départ au port destinataire, ce jour-là, quelles que puissent être les considérations de rivalité ou d'amour-propre national, il n'en sera pas un seul qui hésite à préférer cette route, parce qu'elle sera la plus directe, la plus rapide, la plus sûre, et partant la plus profitable. Ce n'est pas seulement notre cher et beau Midi qui y gagnera; c'est la France entière, c'est le commerce national, c'est le pavillon, c'est la République, c'est le peuple!

Les préoccupations qu'inspirent tant

de symptômes alarmants datent de longtemps et retiennent à bon droit l'attention
des patriotes et des économistes. La dignité, la sécurité, la prospérité de la France
sont en jeu. Et la nécessité de porter un
remède aussi prompt que radical à une
situation que l'indécision rend plus désastreuse est telle, qu'on n'hésite pas à
mettre en avant des progrès irréalisables,
à rêver par exemple un canal de Marseille
au Havre.

Sous ce titre : « A *propos de touage* »
M. Vergne, capitaine de frégate en retraite,
percepteur à Dijon, vient de publier une
brochure dans laquelle il expose l'avantage qu'aurait notre pays à créer, comme
voie de transit, entre la Méditerranée et
la Manche, un canal de Marseille au Havre, canal qui permettrait aux navires de
transporter, sans rompre charge, leur
cargaison de Marseille dans le Nord de la
France, en Angleterre, dans les contrées
avoisinant la Manche, en un mot dans
toute l'Europe septentrionale.

« Il existe, dit à ce sujet le *Petit Marseillais*,

« Il existe déjà un projet de M. Bouquet de la Grye faisant de Paris un port de mer en communication à la Manche.

« Le projet actuel a pour but de le compléter en reliant la capitale à la Méditerranée. Pour ce faire, M. Vergne propose la construction d'un canal latéral à la Seine, empruntant le canal de Bourgogne, la Saône, le Rhône, la vallée du Rhône, l'étang de Berre, pour rejoindre Marseille.

« Le percement du Saint-Gothard a détourné une partie du travail commercial au profit de l'Allemagne et des ports Italiens. Marseille a ressenti et peut ressentir longtemps encore le contre-coup de cette situation. Par contre, qui peut prévoir les conséquences qui seraient obtenues par la réalisation du projet que nous indiquons? N'est-on pas en droit de dire que nous accaparerions, par cette nouvelle voie, le travail de la moitié du commerce du monde entier?

« Outre que le transport des engrais, des houilles, etc., se ferait à très bon prix, tout permet de croire que la défense du territoire y trouverait une grande utilité. La concentration des torpilleurs, en effet, pourrait s'opérer avec au moins autant d'avantages que par le canal du Midi, dont le projet d'utilisation est actuellement à l'étude. »

Il est peu probable qu'aucun esprit sérieux se soit arrêté jamais à l'idée d'utiliser pour un transit de guerre ou de commerce de quelque importance le canal du Midi, ni qu'aucune initiative songe à déli-

vrer de leur somnolence ses eaux condam-
nées au rôle de Styx et de Léthé par l'om-
brageuse jalousie et l'omnipotence de la
Compagnie du Midi. Quant à une voie
navigable de Marseille à Paris et au Havre, telle que la propose le projet analysé
ci-dessus, le patriotisme s'égare quand il
se complaît à l'hypothèse de sa réalisation. Les raisons sur lesquelles s'appuient
l'auteur de la brochure et le *Petit Marseillais* n'en sont pas moins des plus justes,
et elles constituent autant d'arguments en
faveur du projet qui nous occupe.

Le problème qui se pose et qui s'impose
est celui-ci : transiter avec le plus d'économie, avec le moins de risques, le plus
directement, le plus rapidement possible,
sans rompre charge, du Kamischatka, de
Calédonie, d'Australie, de la Pointe de
Galles, du Japon, de Chine, des Indes, de
la côte orientale d'Afrique, d'Aden, de
Suez, des ports de la Méditerranée, à
Bordeaux, à Saint-Nazaire, au Havre, à
Liverpool, à Londres, à Anvers, à Amsterdam, Saint - Pétersbourg, Arkhangel.....
rapprocher les riverains de l'Océan et des

mers du Nord du centre de l'activité commerciale, Londres de Melbourne, Bordeaux de Yokohama et de San-Fran-
cisco, et réaliser ce qui paraît l'impossible
dans le fantastique, ce qui dépasse les ima-
ginations de l'auteur de tant de fantaisies
scientifiques séduisantes, une abréviation
notable sur les délais strictement fixés par
Jules Verne à Phileas Fogg pour gagner
son pari, le tour du monde en 78 jours,
en passant par l'Inde, en 76 jours par la
route la plus brève!

La traversée par le canal de Narbonne
à Bordeaux devant permettre de gagner
au moins quarante-huit heures sur le dé-
tour de Gibraltar, il serait parfaitement
répondu à toutes les données de ce pro-
gramme par la création de cette grande
voie nationale.

Outre la menace de sa forteresse hau-
taine, le détroit a en lui encore un autre
danger dont les risques permanents cau-
sent un préjudice sérieux à la marine
marchande de toutes les nations ayant un
trafic dans la Méditerranée. Même en
temps de paix, la passe est redoutable en

raison de ses courants et des vents contraires qui y règnent une partie de l'année. Le fameux capitaine Boyton, lorsqu'il voulut y tenter ses expériences avec son appareil, faillit, dans les bouches du détroit, être victime de ces courants. Quant aux vents, leur violence et leurs dommages sont légendaires dans la marine. On a vu des flottes entières de voiliers perdre un temps précieux en baie d'Algésiras à attendre qu'une saute favorable leur permît de franchir le goulet. On cite l'histoire de deux voiliers partis en même temps de Marseille pour les Antilles ; l'un, meilleur marcheur, put profiter d'une occasion propice pour doubler rapidement le détroit; l'autre, arrivé trop tard, retenu par l'hostilité du vent, n'avait pas encore pu lever l'ancre et tenter de sortir lorsque le premier effectua son retour. Une preuve convaincante du reste de la longueur et du risque de cette traversée est la réserve, l'exclusivisme des Compagnies d'assurances, qui refusent de la garantir, sinon pour les bateaux qui jouissent exceptionnellement de la cote n° 1.

Le canal des deux mers, en même temps qu'il supprimera l'*alea* des avaries et des retards au passage de Gibraltar, abrègera considérablement la route. Or, on ne saurait trop le répéter, ce que réclame le commerce, avide de progrès et convaincu que tout délai équivaut à une diminution de bénéfice, c'est que ses flottes puissent, sans rompre charge, accomplir leurs trajets avec la plus grande célérité possible.

Plus augmente l'éloignement entre les comptoirs, plus aussi les affaires ne sont traitées qu'à la condition d'être considérables, plus par conséquent l'enjeu est important, et plus enfin il est indispensable que les conditions de l'opération soient les plus favorables. On se préoccupe des *formes* des steamers employés, comme de celles d'un cheval à la veille du Derby ou du grand prix de Paris. Car la rapidité est le premier gage de la supériorité. Ainsi se sont établis des *racing* entre les bateaux anglais chargés du commerce du thé, *les coureurs de thé*, comme on les appelle. Tout le trafic entre l'Australie, la Chine, les Indes, même une partie de l'Amérique, et l'Europe occidentale aura donc intérêt à adopter cette voie abréviative et sûre, *linea recta brevissima*, signalée dès 1867 comme devant assurer une indestructible prospérité à notre marine, le canal de Narbonne à Bordeaux. Les navires qui se croisent incessamment du Nord et de l'Ouest de l'Europe à la Méditerranée et à l'extrême Orient, préféreront la route directe, et ce sont les ports français, ports de relâche et ports de débarquement, qui en profiteront les premiers.

Le passage par le canal équivaudra en effet à un parcours de mer moyen de 1,800 kilomètres. Si l'on prend l'île d'Ouessant comme point de départ des navires venant du large à destination de la Méditerranée, *et vice versa*, le raccourcissement sera, suivant les ports, de 1,300 à 1,900 kilomètres.

Pour les voiliers, en choisissant pour point de départ ou d'arrivée un quelconque des ports français de l'Océan, de Brest à Bayonne, l'abréviation est *évidente*. Elle est frappante, comme l'a établi M. Vers-

traët, pour les ports français de la Manche
et de la mer du Nord, ainsi que pour les
ports de l'Ouest et du Nord de l'Europe.
De Brest à Gibraltar, un voilier ordinaire
peut mettre quinze jours à trois semaines.
Le même voilier (quelle que soit sa marche, puisqu'il y aura traction par halage
ou par touage), ne mettra même pas trois
jours pour passer le canal. Il ne lui faudra
donc pas plus de six à sept jours pour se
rendre de Brest à Narbonne. Il aura ainsi
épargné près de six semaines de traversée, en même temps qu'évité des chances
nombreuses d'avaries ou de retards. Il
aura de plus l'avantage de déboucher
dans la Méditerranée au point le plus à
proximité des ports de l'Algérie, du Nord-
Est de l'Espagne et des îles Baléares, sur
la route de la Corse, des ports français,
de l'Italie et du Levant. La distance de
Brest à Marseille, en Corse, à Tunis, à
Barcelone, à Alger, est d'au moins 1,500
kilomètres plus courte par le Languedoc, que par le contour de la péninsule
ibérique. Or, dans toute conception du
genre de celle qui nous passionne, quand

l'intérêt général de la France est en jeu, il convient de tenir un compte très sérieux de l'Algérie, dont l'importance vinicole grandit chaque jour, dont la richesse métallurgique est destinée à un vaste et prochain développement.

Une notable partie du trafic espagnol préfèrera la voie du canal, car la flotte à voiles de nos voisins, qu'il s'agisse des ports du golfe de Gascogne, à partir de la Corogne, où de ceux de la côte orientale, au moins jusqu'à Valence, y trouvera une route abréviative et plus sûre. Les caboteurs ibériques profiteront aussi à coup sûr de la disposition d'exception créée en faveur de leur pavillon par le *Pacte de famille* (15 août 1761) et confirmée par le traité de Paris (20 juillet 1814), et ils chercheront sinon à établir dans ce courant si important une concurrence à nos caboteurs nationaux, du moins à y puiser leur part d'activité et d'enrichissement.

Enfin tout ou majeure partie de ce qu'il y a de voiliers trafiquant entre le golfe du Lion, Gênes, l'Italie, le Levant et Bordeaux et l'Amérique du nord (au nord de Baltimore), ainsi qu'une partie du commerce entre cette même région américaine et Barcelone, Tarragone, Valence et les Baléares, méconnaîtraient leur intérêt en n'adoptant pas le canal, car il les fera bénéficier d'une moyenne de huit à dix jours sur chaque trajet.

Combien à plus forte raison la marine à vapeur pour qui la rapidité est tout et dans les opérations de laquelle l'économie du temps, gage de la préférence et du gain, acquiert une valeur plus déterminante, ne trouvera-t-elle pas avantage à profiter d'un semblable raccourci ! Il est permis d'estimer à une moyenne de 5 à 6 jours (2 1/2 à 10), selon les moyens de propulsion et la marche des bateaux, l'abréviation du trajet des vapeurs par le canal sur la traversée de Gibraltar.

Non seulement armateurs et compagnies y bénéficieraient de l'épargne sur les assurances, les salaires, la nourriture, le charbon, etc. Mais, en outre, le même bateau, gagnant dans d'aussi fortes proportions sur l'aller et sur le retour, augmenterait d'autant le nombre de ses voyages, et produirait par conséquent un revenu d'autant plus élevé. Plus les navires sont astreints à une vitesse supérieure, plus l'économie du temps acquiert de prix, et plus aussi elle permet d'accroître le bénéfice par la multiplicité des trajets. La clientèle de la marine à vapeur est donc à l'avance assurée au canal, pour les compagnies étrangères comme pour les compagnies françaises, pour les grandes compagnies comme pour les médiocres, pour les *transatlantiques* — d'ailleurs concessionnaires des services de l'Algérie — comme pour les *Messageries maritimes*, comme pour la *Compagnie péninsulaire et orientale* qui envoie ses splendides bateaux jusqu'au fond de la Méditerranée et qui aurait tout intérêt à déserter Gibraltar pour adopter le canal.

On attirerait donc au profit de la France, outre les voiliers évalués plus haut, la meilleure partie de la navigation à vapeur entre : 1° les ports français de l'Océan et tous les pays méditerranéens ; 2° les ports français méditerranéens et l'Europe occidentale et septentrionale ; 3° l'Angleterre et l'Italie ; 4° l'Italie et l'Europe océanique ; 5° Barcelone, Tarragone, les Baléares et l'Europe septentrionale et occidentale ; jusqu'à la Corogne ; 6° les Pays-Bas et l'Italie ; 7° l'Algérie et l'Europe occidentale et septentrionale ; 8° l'Angleterre et Tunis, Tripoli, Malte, l'Autriche, la Grèce, la Turquie, l'Égypte et la Russie méridionale ; 9° l'Allemagne et la Grèce, la Turquie, la Russie septentrionale et l'Egypte ; 10° les Pays-Bas et la Russie (mer Noire), la Turquie, l'Egypte, la Grèce, l'Autriche ; 11° les états méditerranéens et l'Amérique ; 12° tout le trafic de Suez ; 13° la marine militaire — le tout représentant une moyenne d'environ 6.627.500 tonnes.

Qu'on n'objecte pas que l'hostilité jalouse de nos rivaux les empêchera de mettre ces avantages à profit et les incitera à préférer quand même la route de Gibraltar. Quelle ne fut pas l'opposition des Anglais au canal de Suez ! Et pourtant n'en sont-ils pas devenus la principale clientèle ? C'est qu'il y a quelque chose de plus puissant que la jalousie et la haine : l'intérêt !

Non, il ne se trouvera pas un navire anglais qui hésite à prendre notre canal, de
Londres à Calcutta, de Melbourne ou de
Yokohama à Liverpool, parce qu'en évitant les quatre manutentions qu'exige le
transit par les Alpes, ou les retards par
Gibraltar, il verra diminuer ses primes
d'assurances, il bénéficiera des déchargements et des rechargements que nécessite
le transit par voies ferrées ; parce que, le
nombre de ses voyages augmentant en
raison de l'abréviation de la route, ses affrêtements et ses gains croîtront propor-
tionnellement ; parce qu'enfin ces navires
trouveront le long même du canal, où des
industries importantes seront créées, des
éléments de frêt et qu'ainsi, outre les manutentions, outre les risques et les ennuis
de Gibraltar, ils gagneront encore leur
voyage d'Angleterre, ce qui, au cours actuel, peut être évalué, pour chacun, à
chaque voyage, à une économie de 2000
à 6000 francs.

L'avantage du canal sera double, puisqu'il supprimera également une distance
considérable avec les dangers et les retards

qu'elle comporte et qui se soldent par des surenchérissements d'assurances et des débours nombreux, et des transbordements longs et onéreux. Seul il répondra donc au besoin de la marine marchande qui demande à pouvoir aller directement et sans rompre charge d'Orient en Occident, *et vice versa*, problème qui n'est qu'à moitié résolu par le canal de Suez. Quand on est arrivé des mers de Chine dans la Méditerranée, on n'a pas réalisé encore tout le *desideratum* de la plus grande vitesse et de la plus grande économie. Il reste à passer directement de la Méditerranée à l'Océan.

Une seule route est possible : celle qui coupera à travers l'isthme de Languedoc.

Le canal de Suez, complété d'une part par l'outillage perfectionné du port de Gênes, d'autre part, par les chemins de fer italiens, autrichiens et allemands, a enrichi et enrichit tous les jours, à notre détriment, l'Angleterre, l'Italie, l'Autriche, l'Allemagne; Salonique, Fiume, Brindisi, Trieste, Gênes, Anvers, Brême, Hambourg, au détriment du Havre, de Bordeaux, de Cette et de Marseille. Le canal des deux mers, au contraire, en redressant l'axe commercial pour le ramener à la transversale de la France, en s'imposant par la rapidité, la sécurité, l'économie, rétablira l'équilibre en notre faveur, rompra l'isolement de notre pays, restaurera la suprématie de notre pavillon dans la Méditerranée, et, tout en profitant aux intérêts internationaux, enrichira nos ports, Menton, Nice, Marseille, Alger, Cette, Narbonne, Port-Vendres, Bordeaux ; sans compter notre admirable possession africaine qui y gagnera ce qui lui a le plus manqué jusqu'à ce jour, les relations et le développement commercial ; et les vingt départements du sud-ouest qui, placés à proximité du canal ou coupés par ses rives, en recevront comme une ondée d'activité, de puissance industrielle et de prospérité.

Notre patriotisme ne peut donc pas hésiter.

V

Le canal, en effet, ne sera pas seulement l'artère-maîtresse du commerce maritime de tout un monde; il est destiné à devenir, aussi une source de fécondité et d'enrichissement pour l'Algérie ainsi que pour tout le bassin français sous-pyrénéen, par la facilité des exploitations, par la création de forces motrices, par les submersions et par les irrigations.

Notre grande colonie africaine, l'Algérie, augmentée aujourd'hui de la régence de Tunis, n'a pas encore donné à la métropole les résultats que vaudraient tant de sang versé, tant de millions sacrifiés. Sans doute l'occupation de la Tunisie, en empêchant l'Italie de réaliser les rêves du consul Maccio et de créer à son profit un Gibraltar entre le cap Bon et la pointe de la Sicile, a été un acte de sagesse politique et aussi un bien pour notre admirable colonie. Mais notre

grande possession méditerranéenne pro-
duit-elle ce qu'elle devrait produire ? La
réalité répond-elle encore aux espérances
et aux efforts ? Non, certes. Et cela parce
que l'Algérie paraît être trop éloignée, parce
que les relations entre la France et elle
semblent aux capitaux trop lentes, trop
coûteuses, trop aléatoires. Même quand
cet acte de stricte justice, dont l'urgence
s'impose et qui commencera la régénéra-
tion de l'Algérie en en faisant véritablement une France d'avant-poste — les
droits civils et politiques, l'égalité de fait,
l'assimilation aux Français, accordés aux
Arabes, — aura été accompli, il restera
encore à faire quelque chose d'indispensable pour la richesse et pour le progrès
de cette Inde africaine. Il faudra y créer
des exploitations, un commerce, tels
qu'elle rende enfin tout ce qu'elle peut,
tout ce qu'elle doit rendre. Or jusqu'à présent le seul trafic — qui équivaut à peine
au vingtième de ce qu'on est en droit d'en
attendre — qui ait été pratiqué en Algérie
a été en majeure partie accaparé par les
Italiens, les Espagnols et quelques maisons

allemandes ; de même que l'exploitation
agricole et la propriété foncière y sont
traditionnellement usurpées et détenues
par la hideuse rapacité des usuriers juifs,
— rapacité, usure, abus, lèpre, il le faut
bien reconnaître, hélas ! à notre honte,
privilégiés par le décret Crémieux, c'est-
à-dire par l'acte le plus impolitique et le
plus funeste à notre épanouissement sur
le sol africain. La fortune agricole et la
terre, aux juifs ! Le commerce, aux juifs !
aux Espagnols et aux Italiens ! La pêche, aux Napolitains et aux Maltais ! Le
minerai, très riche, très abondant, et,
en certains endroits, à affleurement du
sol, aux Espagnols et aux Allemands !
Une seule exploitation franchement française et sérieuse commence à se développer et à être lucrative : celle de la vigne,
dont les résultats sont presque merveil-
leux. Mais encore faudrait-il aux colons,
aux viticulteurs, un crédit qui malheureusement fait défaut à l'Algérie et dont l'ab-
sence a jusqu'à présent causé le plus
grand tort à cette terre de dilection, en
livrant toutes les sources du revenu aux

mains étrangères ou à l'abus israélite. Il est nécessaire d'attirer à l'Algérie le crédit, et, pour que les capitaux aient confiance, — les capitaux français, car il nous paraît inadmissible que des œuvres nationales soient subventionnées autrement que par le concours national, par l'épargne française, — les garanties demandées sont : la sécurité, la facilité et l'économie des communications, la certitude d'un écoulement rémunérateur des produits de cette immense et féconde exploitation.

Le canal réclamé entre la Méditerranée et l'Océan, avec la création d'un grand port et d'un vaste entrepôt à Narbonne, tête de ligne de railways rayonnant en France et en Espagne, comme d'une navigation intérieure et extérieure très active, répondra à ces exigences. En effet, le passage du Languedoc facilitant la concentration des forces maritimes en cas de menace, Narbonne étant le siège d'un arsenal et d'une force navale importante, sa rade enfin se trouvant située presque sur la normale d'Alger (à peu près le méridien de Paris), il est évident que la métropole pourrait exercer sur la possession une action en même temps qu'une surveillance militaires plus immédiates et plus constantes encore ; comme aussi les relations commerciales deviendraient plus nombreuses, plus sûres et plus rapides. Une économie d'une heure ou deux est considérable sur une traversée dont la moyenne comporte de 36 à 40 heures, alors surtout que cette abréviation correspond à une diminution notable de risques et de fatigues. Or, de Narbonne à Alger, comme de Narbonne à Oran, et à *fortiori* de ce point de débouquement aux différents ports de la côte orientale d'Espagne, la traversée du terrible golfe du Lion est en majeure partie évitée. Ce serait pour ce trajet une plus-value de 75 o/o sur ceux de Cette, de Marseille et de Toulon.

Le canal procurera à nos provinces africaines une extension commerciale dont leur agriculture sera la première à profiter. Il ouvrira des relations et amènera une clientèle à nos ports algériens peu fréquentés, il faut bien le reconnaître, et sur-

tout achalandés par le cabotage espagnol
ou majorquais et par la marine italienne.
Il activera et il justifiera également les travaux de construction des nouvelles voies
réclamées par l'Algérie et la Tunisie, principalement celle du chemin de fer transsaharien. Il sera indispensable au courant
d'échanges intense qui ne manquera pas
de s'établir lorsqu'aura été réalisé le projet
déjà en voie partielle et satisfaisante d'expérience, sinon d'exécution, du commandant Landas, de puits artésiens et d'oasis
dans les chotts tunisiens, entre Sfax et
Gabès, d'un port à l'Oued-Melah, et, plus
tard, de la mer intérieure rêvée par le
commandant Roudaire et dont la possibilité est aujourd'hui démontrée. Aux produits de l'immense superficie devenue
arrosable et créée ainsi à la fertilité, à
ceux du territoire du Sahel, du Tell, de
la Mitidja, des chotts algériens, en un
mot de nos trois départements de Cons-
tantine, d'Alger et d'Oran, où la vigne, les
céréales, l'alfa, la ramie, les primeurs, les
moutons, les laines, doivent donner des
résultats magnifiques ; à ceux que, soit le

transsaharien, soit la mer intérieure, permettront de faire affluer des régions mystérieuses et si opulentes de l'Afrique intérieure, presque de Tombouctou, — car
les caravanes, sûres de trouver à traiter
avantageusement dans nos factoreries et
nos comptoirs prendraient vite l'habitude d'en faire le but de leurs voyages, —
à cet afflux des richesses d'un monde presque nouveau il faudra un écoulement que
le canal leur assurera à travers notre continent, par l'énergique mouvement maritime dont il sera l'excitateur et l'indispensable agent.

L'Egypte fut dans l'antiquité le grenier
de l'empire romain : l'Algérie deviendra
le cellier de la France. Déjà ses vins,
dont la qualité tend à égaler l'abondance,
prennent un rang honorable dans la consommation. Le jour où le viticulteur sera
certain de pouvoir envoyer sur les grands
marchés français, dans le Nord, en Belgique, en Angleterre, ses produits par une
voie économique autant que rapide et
sûre, qui a l'avantage de ne faire éprou-
ver aucune avarie au chargement, mais

qui passe au contraire pour en bonifier
la nature, il n'est pas douteux que l'effort
du travail français se portera vers une
une exploitation aussi facile que rémuné-
ratrice, dans un pays dont le sol et le climat concourent également à la prospérité
de la culture, à la richesse du rendement
et à la supériorité du produit, que nous
verrons les plaines et les collines de l'Algérie verdoyer sous les festons triom-
phants des pampres aux énormes grappes
dorées, et que la mère-patrie puisera, dans
cette Californie du vin, un de ses revenus
les plus sûrs.

Si nos crûs africains passent aux populations déshéritées qui n'ont que l'indi-
geste et glaciale bière, sous les latitudes
ingrates où seule la sève empourprée de
nos côteaux apporte avec sa joie un rayon
de notre soleil embrasé, s'ils se contentent
de traverser les plaines opulentes du Narbonnais, les contrées heureuses où Toulouse déguste le Villaudric et le Fronton,
les nobles vignobles de l'Armagnac, les
côtes ou les graves dont le Bordelais, fier
à bon droit, fait payer au poids de l'or

les gouttes précieuses de topaze royale ou
de rubis non pareil, pour aller réchauffer
le sang et ragaillardir l'esprit des peuples nos tributaires; — les autres produits
de la terre algérienne, au contraire, rede-
vables au canal d'une utilisation et d'une
valeur qu'ils n'acquerraient pas aussi
facilement sans son aide puissante, reste-
ront en majeure partie dans notre pays.
Céréales, alfas, ramies, minerais, sans
compter les primeurs et les fruits, seront
expédiés en France et y trouveront d'avan-
tageux placements. Les manutentions auxquelles les légumes si précoces et les fruits
savoureux de cette autre Hespéride sont
malheureusement soumis jusqu'ici pour
arriver sur nos marchés, sont très préju-
diciables à ces produits délicats et les empêchent de se populariser, soit parce que
le prix en devient trop élevé, soit que
flétris, échauffés, meurtris ils aient perdu
toute leur fraîcheur et leur bonté; en
sorte que les primeurs venues de la Huerta
de Valence ou de Murcie et directement
expédiées par les lignes de fer leur sont
préférées. Les bateaux pourront aller les

charger à Oran, à Alger, à Delhys, à Phi-
lippeville, et les apporter, sans rompre
charge, à Toulouse, à Agen, à Bordeaux,
au Havre, à Dunkerque, à Anvers, à Londres, où leur précocité, leur abondance
et leur goût les feront rechercher. Les
orges seront dirigées vers les pays bru-
meux où les brasseries remplacent les chais
du Midi. Les blés du Tell suivront les
vins du Sahel; mais ils s'arrêteront à
Toulouse, à Montauban, à Moissac, à
Agen, car ils trouveront le long du canal
des minoteries qui les utiliseront au passage, et les marchés jadis renommés de
ces pays redeviendront florissants. Les
chênes-lièges des forêts de l'Est, sans
même avoir besoin d'aller alimenter l'industrie du Nord, qui manque de matière
première, seront ouvrés dans le Lot-et-
Garonne et dans la Gironde. Les alfas,
dont l'usage industriel augmente tous les
jours, la ramie, qui est appelée à un sérieux avenir, seront manufacturés dans
les usines que la puissance et le bon marché de la force motrice créeront le long
du canal, l'une pour des tissus rapide-

ment populaires et d'une exportation facile dans le centre de l'Afrique, l'autre
pour la pâte à papier et pour le carton.
Les marbres, le sel gemme, le sel marin,
le cuivre, le zinc, le fer, qui sont riche-
ment prodigués à l'Algérie, viendront accroître la valeur industrielle nationale et
nous aider à vaincre la concurrence britannique et prussienne. Cette Algérie qui
nous coûte si cher et qui ne nous a que
médiocrement profité jusqu'ici, ainsi rap-
prochée du cœur de la France par la facilité des relations; née au commerce, à la
vie productrice, en recevra une impulsion
irrésistible et commencera à rendre généreusement à la grande patrie ce qu'elle en
a reçu de sacrifices et de bienfaits, en
prospérité, en force économique et en
honneur.

.•.

Les dimensions du canal, son débit
considérable, l'altitude de ses différents
biefs, la nécessité d'aller capter les eaux
de la Garonne à un point élevé, pour
alimenter le bief de partage, — obligation.

à laquelle s'ajoute celle de creuser des lacs
artificiels ou bassins de réserve, qui, tout
en étant destinés à prévenir le retour des
terribles inondations de la Garonne et de
catastrophes comme celle de 1875, assureront en tout temps le nécessaire à la grande
voie navigable et règleront aussi l'étiage
normal du fleuve — permettront de mé-
nager, par l'emmagasinement de masses
d'eaux énormes, une disponibilité de forces motrices dépassant tous les besoins
que le calcul peut faire prévoir. Ces grands
travaux sont depuis longtemps réclamés,
projetés, étudiés. Leur immensité ni leur
dépense ne doivent faire hésiter la volonté,
dans un temps où les capitaux abondent,
où la fortune publique est entreprenante,
où l'association des intérêts constitue un
levier tout-puissant, où les progrès de la
science accomplissent tous les miracles;
alors qu'aux époques les moins favori-
sées, chez des peuples bien loin d'être
privilégiés comme l'est la France, avec des
moyens d'action presque dérisoires, des
travaux dont les proportions gigantesques
nous confondent ont pu être menés à

bien. En Angleterre, le canal Calédonien, qui unit la mer du Nord à l'Atlantique, a 40^m,66 de large et 6^m,66 de profondeur; des frégates de 32 canons y naviguent, et, aux deux extrémités, des ports immenses ont été créés. En Hollande, le canal d'Amsterdam au Niewdiep a une largeur de 38 mètres, une profondeur de 7 mètres, et il coule sous 18 ponts assez élevés pour permettre le passage d'une frégate. L'Amérique du Nord possède 1,000 lieues de canaux; le canal Erié, entre l'Hudson et les lacs Canadiens, qui a 130 lieues de long, est ouvert à la grande navigation; celui de Chesapeak à l'Ohio, dont le parcours est de 136 lieues et dont le bief de partage traverse la chaîne des Alleghanys par un tunnel de 256 mètres de long, sert à la grande navigation. Le canal impérial, une des merveilles de la Chine, qui date de 600 ans, a une longueur de 500 lieues, du Nord du pays, près Canton, à l'extrémité Sud de l'Empire, avec une largeur de 80 mètres, une profondeur de 5 mètres, et 331 ponts. L'antiquité égyptienne n'avait-elle pas exécuté des travaux plus prodi-

gieux encore ? Séti 1er de la 19me dynastie,
qui construisit la salle hypostyle de Kar-
nak et qui creusa un vrai puits artésien
(puits à eau jaillissante) sur la route des
mines d'or de Gébel-Atoki, prédécesseur
de Ramsès II (Sésostris) avait ouvert du
Nil à la mer Rouge un canal dont on dis-
tingue encore des vestiges. Néko (616-595
avant J.-C.), le même qui chargea une
flotte phénicienne d'un voyage de circum-
navigation qui dura trois années, autour
du continent africain, reprit l'œuvre pri-
mitive de Séti et fit creuser un canal de
quatre journées de navigation, qui par-
tait des environs de Bubaste et qui allait
jusqu'à la mer Rouge. Selon la relation
de l'Alexandre Dumas grec, Hérodote,
120,000 hommes périrent dans cette entreprise, — l'homme était pour rien, en ce
temps-là ! — et les travaux furent arrêtés
par le Pharaon, à la suite d'un oracle qui
avait déclaré qu'il travaillait pour un barbare, — lisez un étranger. M. de Lesseps
peut se sentir fier : il était depuis longtemps annoncé !

Et ce lac Mœris, respecté par le temps

et par les invasions, aussi beau toujours,
aussi utile à la fertilité de l'Egypte qu'au
temps de sa création, qui fut creusé 2,200
ans avant J.-C., par Aménémhat III, roi
de la douzième dynastie, sur 3,600 stades
de tour, — 10,000,000 de mètres carrés
de superficie !

On ne disposait pourtant, à ces époques
reculées, ni de locomotives, ni de dragues
à vapeur, ni d'aucun de ces engins mer-
veilleux dont l'action semble grandir en
raison des difficultés elles-mêmes .... Mu-
nis de moyens irrésistibles, aidés par le
crédit, encouragés par la certitude d'exécuter l'œuvre la plus grandiose, la plus
profitable au bien du pays ; après Riquet,
dont la tâche fut autrement pénible, car
il avait à lutter contre l'infériorité scientifique, la médiocrité de l'outillage, l'hostilité publique, le manque d'argent..., et
cependant il réussit ! — après les beaux
travaux du génie civil dans les Pyrénées ;
après les études des Manier, des Godin de
Lépinay, des Vickersheimer, nos ingénieurs ne peuvent ni douter de la réussite,
ni hésiter à entreprendre un ouvrage qui

doit assurer notre rénovation économique
et dont le succès est en tout assuré.

La nécessité, l'urgence de créer partout
où il est possible des forces hydrauliques,
— du reste plus sûres, plus maniables et
plus économiques que les autres agents
mécaniques — ne s'imposent-elles pas
tous les jours, en présence de la menace d'épuisement des bassins houillers,
en face surtout des crises charbonnières,
qui portent la perturbation dans la production industrielle, et qui menacent à
chaque instant les grandes manufactures
de chômage ou de contrainte à s'adresser
au dehors pour leurs charbons ? Situation
également ruineuse dans l'un comme dans
l'autre cas, et que nos rivaux implacables,
— dont l'obole à la grève est placée à 60
pour 100 d'intérêt ! — exploitent soit pour
vendre chez nous leurs houilles en plus
grandes quantités et à des prix supérieurs,
soit, par suite de la fermeture de nos usines, pour substituer aux nôtres leurs produits sur tous les marchés !

Sans parler de la facilité qu'offrirait le
canal d'apporter presque sans frais les ré-

sidus de naphte dont parlait récemment le
Petit Journal, est-ce que sa chasse d'eau
si puissante ne permettrait pas d'établir
tout le long de ses rives un outillage perfectionné, un armement complet pour le
traitement des matières premières, qui, dès
lors, abonderaient, et aux produits desquels serait préparé un écoulement certain ? Est-ce qu'après les admirables expériences de M. Despretz sur le transport
de la force dynamo-électrique à distance,
après les concluantes épreuves de Creil et
les encouragements tout-puissants de la
royauté intelligente du capital, il est possible de n'être point frappé de l'avantage
immense que procurerait le canal par la
transmutation de sa force d'impulsion en
voltes et en ampères qui transportés à distance, se répartiraient en travail dans nos
manufactures du Sud-Ouest, ainsi devenu,
par le courage et l'intelligence de tous les
français, ce que l'industrieuse Alsace était
naguère pour notre richesse nationale ?
Quelle révolution économique ne serait-
ce pas ! L'infériorité dont nous souffrons
serait presque entièrement rachetée, car

elle provient surtout de ce que, les salaires étant très élevés chez nous, ainsi qu'il convient dans une démocratie en république, le prix de la force motrice est en même temps trop coûteux, et que les matières premières sont pour la plupart monopolisées par l'étranger.

La majeure partie des achats de nos fabricants, en suints et en cotons, se font dans les entrepôts de Londres ou de Liverpool. Les laines d'Australie, les cotons d'Egypte ou d'Amérique nous arrivent ainsi, après être passés en vue de nos côtes, grevés d'une surélévation de 15 à 20 pour 100. Grâce au canal, à notre tour nous aurons des entrepôts pour ces denrées et pour toutes celles que l'Afrique nous fournira en abondance. Tout au moins les achèterons-nous au passage, pour les traiter sur place, avec la facilité et l'économie que nous procureront tant de forces motrices disponibles. Nous rivaliserons dès lors avantageusement avec les nations concurrentes ; Narbonne, Carcassonne, Mazamet, Castres, Toulouse, Montauban, Agen, deviendront des rivales de

Birmingham et de Manchester !

Il n'est pas que les matières premières textiles qui vont en Angleterre pour en revenir sous forme de produits manufacturés que nous serions intéressés à fabriquer nous-mêmes sur place ; ce sont aussi nos richesses métallurgiques qui en partie restent inexploitées ou qui ne le sont qu'au profit de l'étranger. Les minerais de fer de l'Algérie sont emportés presque tous au dehors ; l'Angleterre exploite un grand nombre de nos gisements miniers, aluminium dans le Var, plomb argentifère dans l'Ariège, et maints autres ! La métallurgie allemande, — cette métallurgie guerrière ! — s'installe partout à nos portes, dans la Méditerranée, et il n'est pas certain que du fer français n'aille pas alimenter ses creusets. Il n'est que temps de ne plus laisser inutiles ou de ne plus abandonner à la jalouse avidité de nos adversaires les filons de notre sol ; mais d'installer dans ce Sud-Ouest, si éprouvé par le phylloxera, si digne d'intérêt, et si sacrifié jusqu'ici à l'insatiable et hautain égoïsme du Nord, des hauts fourneaux et des usines comme

l'Hérault a commencé à en être doté à
Balaruc. Bien mieux situés seraient ces
établissements à Narbonne et le long du
canal que dans les étangs de Cette, Mèze
et Marseillan, car ils s'y trouveraient à
proximité du trésor métallurgique des
Pyrénées et à portée d'un bassin houiller
très abondant. Notre chaîne frontière, de
Cerbère à Hendaye, surtout dans le massif
oriental, est d'une richesse très grande en
minerais ; les forges à la Catalane de l'A-
riège, du Quillanais (Aude) et du Roussillon, les aciéries de l'Ariège ont eu leur
heure brillante de prospérité et auraient
atteint un développement supérieur, si un
arrêt soudain n'était venu les condamner,
si leur vitalité n'avait pas été frappée,
comme celle des draperies de Carcassonne,
de Limoux, de Quillan, de Castres et
même de Mazamet, lors de la ruine du
canal du Midi et de l'inauguration des
monopoles du chemin de fer, par la facilité des concurrences de l'extérieur, la
rareté ou le prix des forces motrices, la
nécessité d'être les tributaires de l'étranger, tout au moins pour les machines, et

surtout par l'exagération ruineuse des tarifs
de transport, s'ajoutant au surenchérisse-
ment des salaires. Autant de causes de déchéance et d'appauvrissement pour ces
pays autrefois si heureux ! Le canal des
deux mers fera rouvrir les usines, rallu-
mer les fourneaux, gronder les forges,
mouvoir les broches, agir les métiers, circuler la vie avec la joie du travail ; il rendra à ces beaux départements leur prospérité. Elle est loin d'être épuisée cette
vaillante Ariège, le pays des hommes et
du fer ! Elle produit toujours les cœurs
virils, les âmes fières, les patriotismes ro-
bustes, les muscles forts, comme les filons
abondants ! Elle tient en réserve, quand
la patrie les lui demandera, le métal pour
les outils de la revanche, les bras in-
domptés pour les manier !...

Le cuivre, le plomb, l'argent sont à
portée. Les minerais de Corse et d'Algérie
peuvent arriver à vil prix, aussi bien que
ceux de Sardaigne, de Toscane et du Nord
de l'Espagne, que la construction de la
ligne transpyrénéenne de Canfranc fera affluer dans nos établissements. Carmeaux,

Aubin, Decazeville, Graissessac fourni-
raient en abondance la houille nécessaire,
en qualité égale et à prix de revient bien
inférieur au prix des charbons anglais. La
métallurgie française aurait là ses matières premières à 5 francs par tonne meilleur marché que l'Angleterre pour les
provenances des mêmes régions, et, grâce
à l'abondance et au bon marché de la
force motrice, grâce à la facilité des transports, même les plus lointains, ses produits feraient du premier coup à nos voisins une concurrence redoutable.

*
* *

L'intérêt agricole n'est pas engagé moins
que l'intérêt militaire, maritime, commercial ou industriel à la création de ce canal. Tel est le propre des grandes choses,
que tout s'y trouve naturellement porté,
que tout y doit concourir et tout également
en profite. Le commerce est par excellence
l'agent de prospérité de l'agriculture. Tout
ce qui contribue à accroître l'intensité de
la vie commerciale, à multiplier les relations, à faciliter les échanges, à les rendre

plus sûrs et plus rémunérateurs, sert fructueusement aussi et puissamment la cause de la terre et du cultivateur.

L'eau dans les départements riverains de la Méditerranée est le principal facteur de la richesse agricole. Depuis surtout que le phylloxera est venu tarir en partié la source heureuse de tant d'opulence, l'eau a acquis une valeur inappréciable, car, indispensable, comme irrigations, à la réussite des nouvelles cultures ou au succès des plantations de vignes américaines ou françaises ayant la gaillardise de la jeunesse et de la virginité, elle ne l'est pas moins pour la pratique des submersions, reconnues jusqu'ici comme étant le traitement le plus topique et le plus efficace. Ceux des pays qui, favorisés par leur situation, ont pu submerger, s'ils ne sont pas complètement préservés de la cruelle invasion, en ont du moins singulièrement atténué les ravages, et l'on peut dire que leurs récoltes ont été plus qu'aux deux tiers maintenues. Les efforts et les sacrifices énormes devant lesquels les grands propriétaires de vignobles n'ont pas reculé, prouvent quelle confiance ils ont dans un système auquel tous restent fidèles. Ces sacrifices sont d'ailleurs largement récompensés par les résultats. Mais l'eau manque.

Le canal du Sud-Ouest y pourvoira généreusement.

Sans nuire en rien à la régularité de la navigation, il pourra fournir en effet, tel qu'il est aujourd'hui conçu par la *Société d'études des travaux français*, un cube d'eau égal à celui de la Garonne dans les étiages moyens. Comme son tracé lui assurera presque tout le long de son parcours un niveau supérieur à celui des plaines à arroser, il pourra envoyer, pour irriguer et pour submerger, de l'eau jusqu'à Béziers et à Perpignan, d'un côté, jusqu'au fond du Médoc sur l'autre versant.

Les irrigations se pratiquent d'habitude au temps où la Garonne — il en est de même dans la vallée de l'Aude, — est le plus abondante, de mars à juillet. Comme l'arrosage des diverses cultures s'effectue à des époques différentes, il en résulte qu'il devient possible d'arroser avec la même disponibilité d'eau quatre fois autant de terrain que le calcul en donne si l'on chiffre la quantité d'eau par unité de surface. Un arrosage abondant correspondant à 1 litre par seconde et par hectare, soit 1 mètre cube par seconde pour 1,000 hectares, si l'on n'arrose que le quart à la fois, un mètre cube par seconde devra permettre d'étendre l'irrigation aux cultures de 4,000 hectares. Or, durant les cinq mois de disponibilité, le canal pourra prendre à la Garonne, sans toucher aucunement aux 40 mètres cubes dont le débit doit être respecté, une somme de 30 mètres cubes par seconde, qui, multipliés par 4,000 donnent en hectares un total de 120,000.

C'est donc une superficie de 120,000 hectares qui pourra être arrosée par l'eau du canal.

Ces irrigations, en effet, ne se font pas toutes simultanément : elles seront successivement réparties sur les productions maraîchères, les fourrages, les céréales, les vignes, avec des variabilités de durée et d'époques dépendant de la région, du sol et du genre de culture.

Quant aux submersions, pour lesquelles des capitaux considérables sont actuellement engagés, dans tout le Midi
vinicole, et qui, jusqu'à nouvel ordre,
représentent le salut pour un des principaux revenus de la France, elles se pratiquent déjà sur les bords de tous les cours
d'eau, sans exception, des pays atteints
ou menacés par le phylloxera. On peut
donc dire qu'elles représentent les deux
tiers des terrains qui se trouveront situés
à une cote d'altitude inférieure au plan
du canal et qu'ainsi la création de ce courant puissant, l'utilisation des eaux jusqu'à présent en majeure partie perdues
des montagnes, l'emmagasinement des ré-
serves provenant des périodes pluvieuses
ou de la fonte des neiges dans des bassins
supérieurs, la disponibilité permanente
d'une moyenne de trente mètres cubes
par seconde, deviendront la sauvegarde
des vignobles et un incomparable bienfait
pour la richesse agricole non moins que
pour l'industrie, le commerce et la navigation.

Le Roussillon, le Biterrois, le Médoc réclament à ce titre le canal non moins impérieusement que le Narbonnais, le pays de Toulouse et l'Agenais.

*
* *

Si la France entière, si les départements plus immédiatement placés sur le parcours de l'artère navigable du Sud-Ouest en reçoivent un afflux généreux de fécondité et d'énergie commerciale, les intérêts particuliers, tels que ceux, par exemple, du chemin de fer du Midi, loin d'avoir à en souffrir, tout au contraire, y trouveront profit eux aussi.

La ligne de Cette à Bordeaux n'aura rien à perdre comme transit, car l'incommodité des deux ruptures de charge qu'elle nécessite entre la Méditerranée et l'Océan a toujours empêché cette voie d'être adoptée par le grand va-et-vient des échanges entre l'Orient et l'Occident. Mais elle y gagnera : 1° un mouvement de voyageurs beaucoup plus actif; 2° un trafic commercial décuplé en raison du concours et de l'intensité des affaires le long du canal, de l'essor industriel des contrées traversées, et de la plus-value agricole. La vie appelle la vie ; le commerce excite le commerce. Les affluents de la grande ligne bénéficieront de tout ce qui gravitera vers le canal. La richesse de l'un fera la fortune de l'autre.

Il n'est pas jusqu'au canal de Suez lui-même qui ne soit destiné à en retirer le profit d'un mouvement plus considérable de bateaux. La moyenne du tonnage qui passe par la voie égyptienne augmentera en raison de la facilité nouvelle des relations maritimes. Le percement de l'isthme de Languedoc, ce sera l'œuvre de M. de Lesseps complétée, la grande route du monde ouverte sans discontinuité, l'Orient rapproché de l'Occident. Tout ce qui se trouvera sur ce chemin fréquenté par la marine de tous les peuples recueillera un avantage notable du progrès réalisé par son abréviation. L'inauguration du canal de Bordeaux à Narbonne devra être saluée à la Bourse, non seulement par une ascension de la rente française, mais par une hausse aussi de l'action de Suez.

L'entreprise grandiose qui dotera la France de son autonomie économique par son unité maritime ne représentera pas seulement un admirable progrès national, un accroissement de la richesse publique : elle sera un bienfait social.

Si le canal coûte 800 millions, on peut affirmer que 600 millions seront jetés dans la circulation, c'est-à-dire qu'ils profiteront au pays tout entier auquel ils apporteront un bien-être nouveau. De cette somme énorme les cinq sixièmes iront aux ouvriers. C'est donc de 500 millions que l'ouverture de la grande artère du Languedoc fera bénéficier le peuple, — le vrai peuple, celui des travailleurs , — à condition que pas un agent, pas un ouvrier, pas un manœuvre de nationalité étrangère ne sera engagé, pas un outil, pas une cheville, pas un morceau de bois ou de fer venant de l'extérieur ne sera employé. Dans ce travail français, personnel, matériel, main-d'œuvre, tout devra être français. Condition expresse qu'il appartiendra à l'Etat d'imposer rigoureusement aux entrepreneurs ! La proscription absolue de l'élément du dehors sur ces chantiers de 450 kilomètres sera l'affirmation du principe, malheureusement méconnu jusqu'ici, du droit au travail national. L'immensité, la durée, le caractère de cette entreprise lui donneront donc une portée sociale qu'il serait impardonnable de méconnaître. Au bienfait d'un flux monétaire aussi considérable venant enrichir la circulation populaire, à la satisfaction donnée aux ouvriers, nos compatriotes, d'avoir le privilège partout où un bras devra être occupé, s'ajouteront la sécurité de plusieurs années de travail garanties, et l'amélioration générale des conditions, résultante de la reprise unanime des affaires. Sous cette double influence, se produiront un apaisement dans la misère, une détente dans les esprits, également salutaires pour l'expansion progressive des idées et profitables à la marche ascensionnelle des classes déshéritées. Le cri du peuple n'est pas : destruction, mais : travail. Son socialisme, car le peuple a du bon sens et le peuple est honnête, se renferme dans une équitable répartition des tâches selon les capaci-

tés, des salaires selon les efforts et au pro-
rata de la production. Le travail sera ici
assuré à beaucoup, et pour longtemps. Si
ce n'est pas le remède à toutes les souf-
frances de l'éternelle victime dont les hécatombes sanglantes ont attristé toutes les
étapes de l'humanité, si ce n'est pas la ré-
paration de toutes les inégalités, de toutes
les injustices, du moins sera-ce un soula-
gement, une trêve durant laquelle il sera
permis d'étudier plus froidement la solution du grave problème dont la formule
scientifique est encore à trouver. L'organisation de ces travaux gigantesques, sembla-
bles à une sorte de chantier national, fera
taire forcément les déclamations provoca-
trices ; elle empêchera de confondre le cri
lamentable et sacré de la faim, avec les
suggestions des agents de désordre et de
perdition. Les vrais ouvriers se compte-
ront ; et il faudra bien alors, en face de cet
enrôlement en masse de toutes les bonnes
volontés, que ceux qui ont abusé de certaines réclamations se taisent ou soient
confondus. Du travail ? En voilà ! Du
pain ? Gagnez-le !

Si, du reste, le territoire national n'est qu'un immense patrimoine commun, inaliénable, perpétué avec le peuple et identifié avec lui, dont, riche ou pauvre, celui qui jouit de domaines superbes comme celui qui n'a pas même un caillou pour reposer sa tête, tout citoyen n'est qu'un usufruitier, (à des degrés divers, il est vrai, odieusement inégaux, abusifs, et qu'il s'agit de réformer, de répartir plus équitablement en les rendant proportionnels au mérite et au travail de chacun des membres de la communauté,) il est incontestable que toute œuvre faite en participation de tous les intérêts, de tous les efforts, et destinée à accroître la valeur de cette terre, le crédit, la puissance de cette patrie, est une œuvre de bien social, puisqu'elle tend à élever le dividende de chaque participant, soit par l'amélioration des salaires et du bien-être, soit par la diminution de l'impôt.

La construction et l'exploitation du canal des deux mers devant immanquablement provoquer un réveil dans les ateliers, amener la création d'usines et de manufactures importantes, exciter un courant d'affaires qui ne pourra avec le temps que grandir, son entreprise exercera donc une influence favorable sur la condition générale des classes laborieuses, par la consolidation de la confiance, l'essor du crédit et l'augmentation des journées de travail. L'activité qu'il déterminera dans les charbonnages, dans l'exploitation des minerais, dans la fabrication des tissus, dans les chantiers de construction pour la marine, dans l'agriculture même, en un mot, dans toutes les branches de l'industrie et de la production, aura pour résultat social le développement de l'aisance, c'est-à-dire l'élévation morale de l'ouvrier par l'épargne, plus de dignité en même temps que plus d'indépendance.

On a accusé la République de ne rien faire pour les travailleurs : voilà une tâche. Si grande que jamais Gouvernement, en aucun pays, n'en aura encouragé aucune qui soit aussi utile, aussi magnifique en résultats. On lui reproche de se désintéresser de la question sociale... Elle ne s'appelle ni la dynamite, ni la Pologne, ni l'Allemagne, la question sociale ; elle ne supprime pas, elle crée ; elle ne s'incarne pas dans M^{e}X, une hallucinée, dans Mlle Z, une sainte Thérèse rouge, ou dans les compagnons Tel et Tel qui déjeunent agréablement du peuple, quand ils ne soupent pas d'autre chose : elle est, et elle ne sera jamais que le Travail. Eh bien ! du travail en voilà. On préconise les grèves et l'on conspue le Capital. Les premières servent peut-être aux ambitions de quelques habiles, mais elles aboutissent rarement à un autre résultat qu'à ruiner l'ouvrier, à faire plus cruelle la misère de ses enfants et à amoindrir la production nationale. Quant au capital, — au capital intelligent bien entendu, à celui qui ne s'endort pas, idole idiote, dans le nirvanah d'un coffre-fort égoïste, qui ne boude pas, par dépit politique, ou qui ne se réserve pas pour les pirateries à main gantée de l'agiotage, — quelles entreprises pourrait-on faire, quelle exploitation soutenir sans son intermédiaire ou son concours ? L'immense organisation du travail, l'énorme mouvement d'argent, le bien-être et la confiance

que fera naître la création du canal, sup-
primeront la gêne pour longtemps, apai-
seront les rancunes, dérideront les cœurs,
élimineront les prétextes des grèves, ou-
vriront une sorte de soupape de sûreté
aux passions qui depuis un demi-siècle
bouillonnent, d'autant plus dangereuses
qu'elles sont plus comprimées. Ces avantages, bien dignes de la reconnaissance publique, permettront au capital de se réha-
biliter en prouvant que, loin d'être un op-
presseur pour la classe laborieuse, il en
est le soutien, il sait en devenir le protec-
teur efficace en servant l'intérêt même de
son existence, et qu'il fait lui aussi œuvre
sociale, en favorisant les affaires, qui as-
surent de l'occupation à l'ouvrier, en préparant l'épargne, qui mettra sa famille et
sa propre vieillesse à l'abri du besoin, en
aidant enfin puissamment aux seules so-
lutions honnêtes d'une situation et d'un
malaise que provocations et violences
n'ont qu'un but, exploiter, qu'un résultat,
aggraver par des manœuvres criminelles,
par la violation de la liberté et par la
ruine du pays.

Le canal ne sera pas uniquement l'œuvre de la grandeur de la France; il sera l'œuvre de la prospérité pour le peuple.

National par son principe, il sera démocratique par ses résultats. La République se doit d'y penser!

VI

L'heure est favorable. Jamais la fortune publique ne parut mieux assise, n'atteignit un niveau si élevé, n'offrit à l'initiative des grandes entreprises une réserve d'argent aussi forte et à aussi bas prix. Le succès du récent emprunt en fait foi, comme il est aussi un encouragement à une opération telle que celle du canal. Certes, si l'on eût exécuté ce projet dès 1867, alors que l'opinion publique le réclamait poussée par le pressentiment de l'avenir, plus d'un désastre économique nous eût été épargné. Mais parce que le retard a été funeste, nous n'en devons que davantage sentir l'impérieuse urgence de ne pas encourir la responsabilité de la

même faute. L'Europe est en paix, le crédit assuré; aucune élection ne doit avant
quelque temps troubler la régularité du
travail; forte au-dedans, respectée au dehors, la République peut, des gages certains de la confiance de la nation, tirer l'es-
poir d'une durée qu'il appartient à ses ministres de rendre profitable et glorieuse.
Pourrait-elle hésiter en présence des avantages qui plaident en faveur du Canal des
deux mers et des témoignages qu'ont ap-
portés à son appui tant d'esprits éminents, Emile Péreire, Michel Chevalier,
Thomassy, Talabot, Dumont, Foncin,
Duclerc, de Freycinet, pour ne citer que
les plus autorisés, des ingénieurs tels que
T. de Gamon, Manier, de Lépinay, Ma-
thieu, Dupeyrat, Wickersheimer? N'est-il
pas recommandé, ce projet, par le vœu
persistant des Chambres de commerce du
Midi, de la Société de Géographie de Bordeaux, de tous les Conseils généraux du
Sud-Ouest, unanimes, depuis six ans, à ré-
clamer du Gouvernement une décision
qui réponde aux désirs et au besoin du
pays? N'a-t-il pas été l'objet d'un nombre

considérable de pétitions couvertes de
milliers de signatures ? La France méridionale, de la Méditerranée à Bordeaux,
n'est-elle pas prête à se lever comme un
seul homme pour en solliciter l'exécution,
pour acclamer le Pouvoir qui l'aura or-
donnée? Et l'intérêt de la Patrie n'est-il
pas ici le plus éloquent, le plus pressant
avocat, dont l'instance est irrésistible,
dont la voix retentit au-dessus des évènements, des intrigues et des partis?

La France est diminuée : il nous convient de reconstituer l'équivalent des forces dont elle a été privée par les fautes
des gouvernements et par les malheurs de
la guerre. Il est nécessaire de compenser
la perte du Rhin par l'éludation de Gibraltar. Il est urgent de conjurer le Sedan
économique préparé par l'implacable
Chancelier qui a fait du patriotisme allemand un fanatisme aussi funeste que l'autre pour la paix de l'Europe et pour le
bonheur des hommes. La rivalité de nos
adversaires s'efforce de déplacer l'axe des
transactions entre l'Orient et l'Occident,
pour le détourner de nous de plus en plus

au profit des nations hostiles. L'intérêt immédiat exige qu'à ces intrigues nous opposions nos énergies pour ramener à nous ce transit, et cela si invinciblement qu'à tout jamais pareille éventualité ne puisse plus compromettre notre existence économique. Deux courants commerciaux se partagent le monde en dehors de nous : d'Asie en Amérique et au delà par Gibraltar; d'Asie et de la Méditerranée au Nord de l'Europe par les voies ferrées du Centre. Placés à l'intersection de ces deux lignes, les deux grandes composantes de la richesse universelle, nous devons profiter de cette situation exceptionnelle, forcer le croisement et l'échange à se faire chez nous, ouvrir à travers notre sol une large voie à ce Gulf-Stream tout-puissant du transit, et faire nôtre ainsi de ces deux forces irrésistiblement attirées une résultante d'opulence, de virtualité et de grandeur.

Seul le canal des deux mers répond à cette ambition, réalise ce progrès ; seul il donne satisfaction à toutes les nécessités de l'échange international, tout en favorisant les intérêts français ; seul il peut réparer le mal déjà fait, éluder le coup funeste porté à notre fortune par l'antagonisme prussien. A son tour, il fera une concurrence insoutenable aux chemins de fer italiens, suisses, allemands, belges. Il vengera Marseille et Cette de Salonique, de Brindisi et de Gênes ; Bordeaux et le Havre, de Liverpool, d'Anvers et de Hambourg. Il aidera puissamment notre agriculture, notre industrie ; il fera fleurir le commerce, développera le crédit et, en instituant l'unité maritime du pays, il aidera à son élévation, comme il renouera sa tradition glorieuse de suprématie dans la Méditerranée, de prospérité à l'intérieur et de prestige au dehors.

Qu'attend-on ?

Que Suez soit anglais ? Que l'Allemagne ait accaparé le transit et que son pavillon flotte sur des eaux presque françaises ? Que la Méditerranée soit devenue un immense Gibraltar ? Que notre fortune soit affaiblie, notre industrie ruinée, notre commerce épuisé, nos espérances découragées ? Que notre isolement soit tel, notre amoindrissement à ce point consommé, que dans le duel futur des deux colosses européens, privés de leur modérateur par notre élimination, quel que puisse être le vainqueur, nous soyons broyés dans la lutte?

Non, non, il n'en peut être ainsi.

Il y a trop de ressources, trop de millions, trop de courages, trop d'intelligences, trop de dévouements chez nous. La France est trop indispensable au monde!

Elle peut être faite plus puissante, plus riche que jamais! Et c'est la République qui l'aurait faite! On ne demande au Gouvernement que de permettre aux forces nationales de se grouper, à l'union des intérêts de réaliser l'entreprise commune. Ce n'est point l'œuvre d'un parti, c'est celle de la Patrie; ce n'est point l'œuvre d'un jour, c'est celle de l'avenir. Il s'agit, non d'une fraction, mais du pays tout entier. Ecoutez : ce cœur qui palpite? C'est celui de trente millions d'hommes qui veulent travailler, se développer, grandir. Cette rumeur, au-dessus des orages politiques ? Le retentissement des intérêts qui réclament. N'y fermez pas l'oreille ! Levez vos regards : ce rayon à travers tant de nuages, c'est le soleil de nos destinées ! Plus haut, le Progrès... plus haut encore ! Rapprocher les hommes, supprimer les distances, niveler les montagnes et les plaines, unir les antipodes par le flot continu rêvé, dans le mystère des aspirations où des souvenirs, par l'imagination des Platons antiques, réalisé, torrent de vie et de fraternité, par l'effort moderne, telle est la loi, tel est l'idéal, tel le besoin, et tel aussi sera le bienfait en même temps que l'honneur de notre époque de ténacité et de miracles humains, *verbum caro factum est* de la Science et de la Volonté !

Ce fut toujours l'incomparable apanage et la sublime devise de cette France, émancipatrice et institutrice des peuples, de donner l'exemple des tentatives, d'avoir l'initiative des grandes innovations et de frapper le premier coup de pioche quand il faut donner de l'air à l'humanité, de l'élan à sa marche en avant. Ce sera son principe et sa formule encore dans l'effort qu'elle tentera demain pour accomplir sa gigantesque entreprise. Fidèle à elle-même et à la plus glorieuse de ses traditions, elle servira généreusement le mieux universel, tout en poursuivant sa synthèse économique. Car de cette large voie ouverte à travers son territoire, il ne sera pas une nation du globe qui ne profite. Et un peu plus de bien-être, une émancipation de plus du travail, équivalent pour l'homme quel qu'il soit à une moralisation, à un avancement en idées et en bonheur, à une élévation en indépendance et en dignité.

C'est ainsi que, sous l'impulsion de la science et de l'industrie, avec le concours des forces et le groupement des besoins, l'hostilité des concurrences doit engendrer un bien général, la lutte pour la vie, développer le sens de la solidarité sociale et aboutir quelque jour sans doute à une pacification des relations internationales. Ouvrir une route indispensable au commerce du monde n'est-ce pas créer une neutralité que tous veilleront à faire respecter, parce qu'elle sera placée sous la sauvegarde des intérêts de tous ? Faire qu'un impôt diminue d'un centime, qu'un morceau de pain soit assuré à tout travailleur, une épargne à toute famille, n'est-ce pas accomplir quelque chose de plus grand, de plus beau, de plus réspectable. que les chefs-d'œuvre d'Homère, que les victoires d'Alexandre ?

Avant la République athénienne, efforçons-nous de fonder la République du travail, de la satisfaction et du gain pour tous.

Le canal des deux mers, en plaçant le commerce général sous la protection du pavillon de la France, est fait pour ajouter quelque chose au prestige de ses nobles couleurs ; s'il relève la puissance nationale, il contribué largement à assurer la tranquillité sociale ; il multiplie le travail, il affermit le crédit, il prépare une ère d'abondance et de prospérité exceptionnelle. Profitable comme entreprise, car aucune garantie de placement ne paraîtrait préférable à la sienne pour des capitaux français, destiné à enrichir le pays et à développer la prospérité nationale, il doit emporter les suffrages également de tous les patriotes et de tous les hommes de progrès ; car il servira les intérêts de notre vieille Gaule et ceux de l'humanité, ceux d'une démocratie honnête et laborieuse, et ceux de la pacification du monde ; et, dans le rayonnement de l'avenir, à travers ses résultats féconds et son utilité pratique, ce que le penseur entrevoit et salue, c'est le bienfait de l'expansion des idées et de la facilité des relations, c'est le rapprochement des races et des hommes, c'est la solidarité plus étroite des rapports universels dans l'unisson des besoins et des échanges, c'est le bonheur du Peuple et la grandeur de la France !

III

III

L'idée d'un large canal à travers l'isthme de Languedoc, pour relier les deux mers, n'est pas nouvelle.

Si l'antiquité d'une conception est un gage de sa valeur, celle-ci date d'assez loin pour que sa noblesse s'impose et pour que son âge mérite tous les respects.

Dès le règne de François Ier, nous voyons que le patriotisme français s'était préoccupé d'un projet de jonction de la Méditerranée avec l'Océan. Quoique jugée chimérique, la proposition en fut renouvelée au conseil de Charles IX.

En 1598, Henri IV, chaud partisan de la route Languedocienne, dont le sire de Nérac, meunier de Barbaste, était mieux qu'aucun autre à même d'apprécier l'immense avantage, et la possibilité, ordonna une première étude qui fut confiée au cardinal de Joyeuse. La compétence et le zèle de cet homme d'Eglise *in partibus* de la politique ne paraissent pas avoir été absolument satisfaisants, car en 1601 l'enquête dut être reprise par le connétable de Montmorency.

Le règne de Louis XIII commence. Les députés de la noblesse réclament l'exécu- du grand projet de François Ier. Le vrai roi, Richelieu, portait trop haut le fier sentiment du bien de la Patrie, il sentait trop la nécessité d'organiser puissamment l'unité et l'indépendance françaises, celle de nous soustraire à la suzeraineté commerciale de l'Etranger, pour ne pas embrasser du regard de l'aigle les conséquences d'une semblable entreprise, tant pour sa force militaire contre l'Espagnol et l'Anglais, que pour l'émancipation industrielle et la prépondérance maritime du royaume. Aussi, en 1632, se prononça-t-il pour l'exécution que Bernard Arribat, parlant pour le roi, avait déjà, en 1618, promise aux Etats de Languedoc. Un bail fut même passé à cet effet, en 1636, avec Jean Lemaire, à la suite d'un mémoire de l'ingénieur du roi, Trichot Armand Duplessis aimait la décision. Malheureusement, les événements étaient plus forts que sa volonté. Le bail resta sans effet.

De 1650 à 1660, plusieurs projets furent mis en avant, sans réussir à vaincre les résistances ou les hésitations. Lorsque enfin, le 26 novembre 1662, Riquet présenta à Colbert son mémoire.

L'heure était venue.

Quand on lit l'histoire du XVIIe siècle, quel que soit l'écrivain qui en a tracé le récit, on est frappé par l'unanimité et l'émotion sincère de la louange décernée à l'œuvre du vaillant ingénieur biterrois, qui semble encore, par la perspective des siècles, grandir dans l'immensité d'une auréole glorieuse. Il n'est pas un seul de tous ceux qui, depuis lui, ont parlé de son époque, qui n'ait provoqué notre admiration et notre hommage pour l'homme et pour son œuvre : il n'est pas dans tout le midi un nom plus populaire que le sien.

Combien plus vaste, plus utile, plus admirable cependant, la conception du canal des deux mers, donnant accès aux flottes du monde! Et comment, si le travail de Riquet excite encore tant de reconnaissance et de vénération, ne pas comprendre quelle faute ce serait de méconnaître la valeur de celui-ci et d'hésiter à l'accomplir?

Bien méritées d'ailleurs cette gratitude, cette popularité, cette gloire! Riquet ne fut pas seulement l'ingénieur de premier ordre, il fut encore, il fut surtout l'homme de cœur assez héroïque pour tout braver et pour sacrifier tout à la réussite de son projet. Il avait à vaincre tous les obstacles, l'hostilité des grands, la méfiance du peuple, les sarcasmes des adversaires, les perfidies des jaloux, les défaillances de ses amis, le discrédit..., et plus d'une fois ses ouvriers le surprirent, dans quelque coin des travaux, assis sur une pierre, la tête entre ses mains, sinon dans le découragement, du moins dans l'accablement de la lassitude et du dégoût, dissimulant mal l'amertume de ses pensées, peut-être les larmes que trop d'épreuves arrachaient à sa nature énergique. Mais il était de la

race invincible de ceux qui ont foi dans
leur œuvre, — cette foi qui soulève les
montagnes. Il portait en lui cette confiance
en sa fortune et cet entêtement des inven-
teurs de génie, qui n'hésitent pas à tout
oser, parce qu'ils se sentent sûrs de triom-
pher de tout. Son projet comportait un
tirant d'eau de 9 pieds. Aux uns cela parut trop peu ; ce fut trop pour les autres.
Ces derniers les plus nombreux. On a beaucoup parlé de l'opposition que Riquet aurait trouvée de la part de Vauban. Le
grand organisateur de nos défenses voulait un canal, mais il le voulait tel que *ls
galères du roi pussent passer d'une mer à
l'autre.* Il songeait à la stratégie maritime
et il ambitionnait d'assurer l'entière sécurité
de nos côtes. Ce n'est donc qu'à la médiocrité des dimensions du canal qu'il se
montra hostile. Elles paraissaient pourtant exagérées à la foule. On prétendit
qu'il serait impossible d'alimenter une
pareille tranchée ; on objecta la hauteur
des portes des écluses comme un obstacle
insurmontable. Le plan fut déclaré irréalisable. Lorsque la mauvaise volonté ou

la perfidie veulent systématiquement s'opposer à un projet, il n'est si mauvaise raison, si piètre argument, ni dénigrement si
odieux auxquels on ne recoure.

La fierté de l'ingénieur se révolta. Il
s'engagea alors à construire la rigole à ses
frais. On s'efforça de l'en dissuader : c'était
folie. Il tint bon. On le railla : il resta cuirassé. Enfin l'œuvre fut terminée. L'eau
jaillissait des bassins. Elle coulait à Naurouse. Ce fut la gloire.

La pensée de Vauban n'était pas perdue. Lorsque Napoléon rêva son blocus
continental, un mémoire lui fut adressé,
lui proposant l'agrandissement du canal
du Midi et le passage à travers le Languedoc des flottilles de guerre et des navires
marchands. Ce projet fut omis comme
tant d'autres. La furie guerrière emportait
tout.

Le plan de l'ingénieur Thomé de Gamon était celui d'un port à créer entre
Gruissan et Narbonne plutôt que d'un canal : nous ne le citerons que pour mémoire. Mais en 1861, l'ingénieur Dupeyrat
commença à s'occuper de cette grande

question avec la haute compétence d'un spécialiste. Il publia notamment un travail complet qu'on retrouverait dans le T. I *du Congrès scientifique de France.*

En 1863, une proclamation de M. Piétri, préfet de la Gironde, semblait assurer que le Gouvernement était prêt à mettre la main à l'exécution de l'entreprise : « les « bateaux transatlantiques sont créés, di- « sait-il ; une navigation intérieure sera « bientôt ouverte de l'une à l'autre mer et « vos flottes n'auront plus à passer sous « le canon de Gibraltar. Bordeaux de- « viendra l'entrepôt le plus vaste et le « plus sûr du monde. »

En 1867, M. de Magnoncourt propose une voie navigable de 10 mètres de fond, ouvrant la communication de Rochefort à Marseille ; M. Lecomte publie un contre-projet empruntant le canal du midi et le canal latéral, pour créer une route maritime, profonde de 8 mètres, entre Cette et Bordeaux.

Quels que fûssent les points de débou-

quement et les tracés proposés, on le voit,
l'objectif était pour tous le même : unir
les deux mers, éluder Gibraltar.

En 1867 aussi, M. Laliman, dans la
brochure dont citation a déjà été faite,
prévoyant les évènements qui, pour notre
malheur, se sont réalisés depuis cette époque, appelait l'attention du pays sur l'importance des développements maritimes
et commerciaux qui résulteraient à coup
sûr de la création du canal. « A côté, di-
« sait-il, des dépenses qui sont faites ou
« qui se font à Paris, soit pour ces gigan-
« tesques fortifications qui seront à ja-
« mais inutiles, soit pour l'ouverture de
« rues d'une utilité parfois contestable,
« soit pour l'exposition universelle si peu
« durable, soit pour le nouvel Opéra, etc.,
« la dépense que nous indiquons, s'éle-
« vât-elle à 600 millions, ne serait qu'une
« goutte d'eau, répartie, en cinq années,
« sur tant de bourses intéressées. »

..... « Si une voix, s'écriait-il encore,
« nous dit que nos paroles et nos efforts
« sont autant d'énigmes pour nos contem-

« porains, une autre voix nous crie que
« le règne du faux marche vers son dé-
« clin; que les générations rassasiées de
« ténèbres aspirent à la lumière, et qu'après
« l'heure des défaillances, des équivoques,
« arrive l'heure de l'*action* et du *vouloir*,
« ces deux vertus, pivot sur lequel s'ap-
« püient tant de miracles modernes dont
« la raison d'être se résume dans ces qua-
« tre mots : *Velle id est posse,* axiôme si
« connu et si oublié, mais pourtant si
« français; *vouloir c'est pouvoir!* »

Paroles toujours vraies et qu'il nous est
permis de répéter fièrement après le relèvement prodigieux qui a suivi tant d'épouvantables épreuves !

La même année encore, le journal
l'*Océan* publiait une lettre ainsi conçue :

« Il a été plusieurs fois question d'un
« vaste projet que faisait étudier le Gou-
« vernement pour la transformation du
« canal du Languedoc en canal de grande
« navigation accessible aux navires à
« voiles de notre marine marchande et
« même à nos frégates à vapeur.

« Aujourd'hui j'apprends que ce projet,

« destiné à opérer la jonction de la Médi-
« terranée et de l'Océan, a de très gran-
« des chances d'être mis à exécution pro-
« chainement.

« La distance de Marseille à Bordeaux
« par Gibraltar est d'un peu moins de
« 800 lieues et exige une navigation de
« 60 jours dans les circonstances ordinai-
« res. Mais les vents contraires et les cou-
« rants retiennent souvent les navires
« dans le détroit pendant des mois en-
« tiers.

« En suivant les canaux du Midi, le tra-
« jet d'un port à l'autre n'est que de 170
« lieues, qui peut être aisément fait en 10
« jours. Quelle économie de temps et d'ar-
« gent pour notre commerce, tout en évi-
« tant à notre navigation le long et péril-
« leux passage du détroit ! »

En Janvier 1870, M. Tissinnier publie
à Toulouse une brochure proposant un
canal de 8 mètres de fond, de Narbonne
à Arcachon, avec écluses de 4 mètres de
chûte sur 120 mètres de long, et une alimentation de 7 mètres cubes par seconde,

obtenue à l'aide d'une élévation par machine hydraulique.

En 1875, à la suite de l'inondation de Toulouse, et en 1876, M. Manier reprend le projet de jonction des deux mers et se dévoue avec un zèle infatigable à l'étude et à la popularisation de cette vaste entreprise. En mars 1876, la Chambre de Commerce de Bordeaux se préoccupe de définir les conditions d'établissement de la grande voie du Languedoc. MM. Alexandre et Le Tellier proposaient un canal alimenté par l'eau de mer qu'on monterait au bief de partage par un chemin funiculaire. M. Manier projetait un seul bief, sans écluses, avec tranchée de 200 mètres de fond au point de partage. Il ne fut pas longtemps à reconnaître l'impraticabilité de cette construction, et il revint à l'idée d'un canal à écluses, mais avec sas hydrauliques. Ce nouveau plan fut, en 1878, le sujet d'une remarquable conférence au palais du Trocadéro.

Quant à la Chambre de Commerce de Bordeaux, elle émit, le 8 mars 1876, le vœu suivant :

« Le canal maritime doit donner pas-
« sage aux plus grands navires à voile et
« à vapeur, se croisant d'une mer à l'au-
« tre, et concilier les intérêts agricoles,
« industriels et commerciaux des dépar-
« tements traversés, avec les grands inté-
« rêts de la navigation interocéanique, à
« des conditions qui facilitent le concours
« des capitaux et celui de l'Etat. »

Nous arrivons enfin en 1880, au moment de l'éclosion du projet le mieux
conçu, le plus savamment étudié, le plus
sérieusement appuyé ; à la manifestation
d'un courant d'opinion publique qui n'a
fait depuis lors que grandir irrésistiblement : nous touchons à la période des
études officielles et du patronage le plus
autorisé.

M. Duclerc prit l'initiative de la formation *d'une Société d'études*, et il chargea
un ingénieur du plus grand talent, M. Godin de Lépinay, d'élaborer un avant-
projet. D'après les données de ce travail,
le canal devait partir du bassin à flot de
Bordeaux pour aboutir au port de Narbonne. Les dimensions principales étaient :

406 kilomètres de longueur; 8^m,50 de profondeur; 56 mètres de largeur au plan d'eau, en simple voie, et 80 mètres en couronne en double voie, cette ampleur étant réduite à 36 mètres en tranchée rocheuse. Les fractions à deux voies devaient avoir une longueur totale de 180 kilomètres et permettre de faire passer en une seule opération un convoi de 6,000 tonnes. Le calcul était établi sur une donnée de trois convois par jour, totalisant un transport annuel de 13,000 millions de tonnes.

Le tracé comprenait 17 biefs, dont le principal, le bief de partage, avait 70 kilomètres de long et franchissait le col de Naurouse à une altitude de 152 mètres au-dessus du niveau de la mer, par une tranchée de 48 mètres de profondeur au-dessus du plan d'eau, représentant un déblai de 49 millions de mètres cubes. Huit biefs étaient échelonnés sur chaque versant, avec 62 groupes d'écluses à sas doublé, l'un de 25 mètres de large pour les plus forts navires, l'autre de 16 mètres pour les bateaux ordinaires, 150 mètres de longueur, de base à base, et 4^m,50 de chute moyenne. Ces dispositions furent modifiées ultérieurement, lorsque M. Godin de Lépinay eut déclaré qu'il pourrait aborder des écluses de 10 mètres de chute, avec caissons roulants au lieu de portes à vantaux. Le nombre total des écluses se trouva réduit à 30.

L'alimentation du bief de partage était calculée à 20 mètres cubes par seconde et empruntait ses eaux à la Garonne, au-dessus de Toulouse, par une rigole passant par dessus l'Ariège et dont le débit était projeté à 100 mètres cubes, pour assurer, en toute éventualité, le service des irrigations dans la période des grandes eaux. L'alimentation des biefs secondaires était procurée par des saignées pratiquées à la Garonne et à l'Aude suivant le versant.

Le projet comprenait en outre la création de grands réservoirs artificiels dans la région pyrénéenne.

Ces dispositions devaient permettre d'irriguer une superficie très considérable de terres traversées ou dominées par le canal.

La traction devait être faite par touage ou par des machines du système Pilter, avec une force de 600 à 1,000 chevaux et une vitesse de 14 kilomètres environ.

Le passage de la marine militaire était prévu; mais les cuirassés devaient, en raison de leur tirant d'eau supérieur, décharger, à l'entrée, leurs projectiles et leur charbon, afin de pouvoir effectuer la traversée.

La durée de celle-ci eût été de 54 heures, de mer à mer, avec un bénéfice sur Gibraltar de 30 heures pour les vapeurs de grande vitesse (26 kilomètres à l'heure), de 4 jours pour les vapeurs de petite vitesse (13 kilomètres à l'heure) et de 6 à 7 jours pour les voiliers.

Le mémoire estimait qu'il y aurait pour le monde entier un avantage annuel de 138 millions, dans lequel la France entrerait pour un huitième, que la valeur active de notre matériel naval s'augmenterait de 200 millions, et que la force des équipages serait tiercée.

L'économie du projet comportait une dépense de 550 millions, plus 35 millions pour le port de Narbonne et 115 pour celui de Bordeaux ; soit un total de 700 millions.

Conformément aux conclusions de M. Labrunie, son rapporteur, la Chambre de Commerce de Bordeaux émit, le 24 avril 1880, un vœu motivé en faveur du projet Duclerc-Lépinay. Son exemple ne tarda pas à être suivi, dans tous les départements du sud-ouest, et ce fut bientôt une traînée d'enthousiasme parmi les impressionnables populations du midi, persuadées qu'il s'agissait de l'avenir de la France, non moins que de leur intérêt immédiat.

Par décision du 18 mai 1880, le ministre des travaux publics institua, pour examiner le projet Duclerc-Lépinay, sous la présidence de M. Lalanne, une commission de six inspecteurs des Ponts-et-Chaussées, les ingénieurs Pairier, Croizette-Desnoyers, Gros, Hérard, Chabat, Chambrelent, auxquels furent ensuite adjoints les amiraux Thomasset et Allemand, et l'ingénieur hydrographe, Bouquet de la Grye. Cette commission déposa son rapport en 1882. L'opinion était partagée en deux camps ; une majorité de 6 voix déclarait l'entreprise praticable, mais à condition de doubler la dépense ; une minorité de 4 voix la déclarait inutile et irréalisable.

Le président, M. Lalanne, dans une note très remarquable, fit ressortir : 1° que la majorité de la commission se montrait favorable ; 2° qu'il convenait d'élever la dépense à un milliard ; 3° qu'on pourrait cependant l'amoindrir, à condition de diminuer le mouillage. Il concluait en disant :

« Considéré au point de vue purement « militaire, un canal maritime qui donne- « rait passage à une flottille de trans- « ports, de batteries flottantes, de canon- « nières, même avec un mouillage de « beaucoup inférieur à celui qu'exigent « les cuirassés de premier ordre, pourrait « encore rendre d'éminents services dans « une guerre avec une puissance mari- « time. Le commerce lui-même ne serait « pas indifférent à la renaissance d'un « grand cabotage qui n'aurait plus à subir « le passage du détroit de Gibraltar. Alors

« même qu'il ne résulterait de la géné-
« reuse initiative prise par M. Duclerc
« que l'évidente nécessité d'ouvrir un
« grand tirant d'eau, de Narbonne à la
« mer, et de créer, dans ces parages dan-
« gereux, le refuge qui y fait absolument
« défaut, on serait en droit de répéter ce
« qui a été dit devant la commission,
« c'est que, de cette initiative et des idées
« qu'elle a mises en mouvement, il res-
« tera toujours quelque chose de durable. »

En présence de cette divergence d'avis
et des réponses de 70 Conseils généraux
et de 42 chambres de commerce, le Gouvernement, par un décret du 10 juin 1882,
institua, pour un nouvel examen du projet, une commission extra-parlementaire
de 47 membres, pris parmi les députés,
les sénateurs et les représentants des divers
ministères. Elle se divisa en deux sous-
commissions, dont une seule fit un rapport, rédigé par M. l'ingénieur en chef
Dingler, dont les conclusions étaient en
partie empruntées à la minorité du précédent comité d'enquête.

Devant cette hostilité, M. Duclerc jugea

de sa dignité de s'effacer.

En 1883, son œuvre fut reprise par la *Société d'études de travaux français*, dont le projet est actuellement entre les mains du Ministre des Travaux publics.

Il est à souhaiter, pour le relèvement et la prospérité du pays, que, mieux inspirée, la nouvelle commission extra - parlementaire désignée pour le plan actuel, se prononce pour son adoption, et qu'un décret permette enfin de réaliser l'œuvre depuis près de trois siècles rêvée, en dotant la France de la grande voie navigable qui profitera également à l'enrichissement de son commerce et au prestige de son pavillon.

IV

IV

Quand on étudie le relief du sol entre le versant Méditerranéen et celui de l'Océan, on remarque au-dessus du bassin de la Garonne, dans le partage qui sépare les plaines de Villefranche de Lauraguais de celles de Castelnaudary et du Razès, un massif montagneux qui va se ramifiant vers le nord en un épanouissement puissant ; ce sont les premières Cévennes, les Montagnes Noires, dont la souche va par les Corbières se rattacher à la partie orientale des Pyrénées. Population laborieuse et sévère, comme son histoire, comme son sol ; eaux abondantes, jaillissant dans le creux des ravins et perdues çà et là dans le fouillis sauvage des buissons tapissés de mousses parfumées. En bas, à perte de vue, coupant l'ondulation vermeille des blés, de saulaies frissonnantes, de maïs droits et superbes, et de

la verdure chatoyante des vignes, les terres fortunées, une immensité fertile.

Une dépression au-dessus d'Avignonnet
infléchit la dorsale ; le col de Naurouse.

207 mètres d'altitude. Méditerranée et
Océan, la mer à o.

Là est le passage. Unique. Riquet en
profita. En dehors de lui nul tracé possible.

Inutile d'ailleurs de rêver une tranchée
de 400 kilomètres de long et de plus de
207 mètres de fond au point culminant..
L'exécution d'un semblable travail ne serait pas réalisable. Force est donc d'esca-
lader le col et de le redescendre. Mais
l'équilibre des liquides ?

Tel qu'il se pose aujourd'hui, le problème s'imposait à Riquet. Le grand oseur
sut victorieusement le résoudre. Ce qu'il
fit, il n'y a qu'à le refaire. L'eau ne remonte pas vers sa source. Au lieu de respecter les pentes des deux versants, les
ingénieurs prendront exemple sur les ar-
chitectes lorsqu'ils construisent nos édifi-
ces, et ils établiront de la cote o à la cote
207 des escaliers hydrauliques formés de

paliers représentés par des sections en plan horizontal, appelées biefs, séparées par des marches mobiles et maniables, nommées écluses. Ce sont ces escaliers d'écluses, étagés de différence de niveaux en différence de niveaux, que remontent et que descendent toutes les batelleries sur tous les canaux. Il ne s'agit donc, pour opérer l'ascension de l'Océan à Naurouse, la descente à la Méditerranée, *et vice versa*, que de disposer des écluses ou des groupes d'écluses de dimensions et d'une puissance proportionnées à la grandeur de l'œuvre nouvelle.

La science est prête.

Le profil du canal, tel qu'il est conçu aujourd'hui, représentera, vu à vol d'oiseau, une section supérieure, le bief de partage, entre Toulouse et Castelnaudary, en tranchée de 40 mètres, c'est-à-dire à une élévation de 137 mètres au-dessus du niveau de la mer; et deux descentes, l'une, de Naurouse à la Méditerranée, de 96 kilomètres, partagée en 8 biefs, avec 18 écluses réparties en 9 groupes; l'autre de Naurouse à l'Océan, 266 kilomètres, avec

8 biefs et 18 écluses formant également 9 groupes.

On avait d'abord songé à aller aboutir à Arcachon. Mais ce projet n'a pas été longtemps soutenu. Les deux points de débouquement définitivement adoptés sont Narbonne et Bordeaux.

Quel que puisse être le profil du tracé, deux difficultés restent les mêmes et doivent être résolues : les écluses, l'alimentation.

Telle qu'elle existe depuis Riquet, avec les modifications et les compléments que le temps y a fait ajouter, la route canalisée d'une mer à l'autre mer est constituée par deux parties bien distinctes. Le canal du Midi part du lieu dit l'embouchure, à Toulouse, remonte jusqu'à Naurouse, passe à Castelnaudary où il trouve un magnifique bassin, coupe le Fresquel au sortir de Carcassonne, arrive au Sommail, dans un des pays vinicoles les plus riches du Narbonnais, d'où se sépare la branche secondaire de la Robine qui dessert Sallèles, Narbonne, et va se jeter à la mer en formant le chenal de la mer ; il coule ensuite au-dessous du plateau où Béziers, dans l'or du soleil, se dresse avec ses multiples souvenirs; et il se termine enfin à Agde. Il est alimenté par les bassins de Lampy et de Saint-Ferréol, travaux gigantesques qui font l'admiration des visiteurs et dans lesquels sont emmaganisées les eaux captées dans la Montagne Noire. De Toulouse à la Réole, un second canal, d'origine plus récente, suit, sous le nom de canal latéral, la vallée de la Garonne; il est alimenté par les eaux de ce fleuve auquel il emprunte une prise de 7 mètres cubes par seconde. Le nombre des écluses est élevé et leur système est celui des portes à vantaux mues par des crics. Il n'en fallait pas davantage pour la batellerie ordinaire. Mais dans le projet actuel tout autres deviennent les conditions.

Moins il y a d'écluses à passer, plus vite s'opère la marche des bateaux sur un canal quel qu'il soit. La rapidité étant l'une des principales raisons d'être, sinon celle qui prime toutes les autres, c'est elle aussi qui devient le premier objectif de l'ingénieur dans sa construction. La préoccupation des hommes spéciaux a donc, avant tout, dû se porter sur la réalisation de ce *desideratum*, en s'efforçant de supprimer le plus d'écluses possible, afin de retarder d'autant moins les convois. On diminue le nombre des écluses en augmentant la différence des niveaux entre les biefs. Pas d'autre moyen. Ou l'escalier compte moins de marches, mais elles sont plus hautes, ou l'on veut adoucir l'ascension des degrés, et ceux-ci deviennent plus nombreux.

Dans un canal d'une section aussi considérable, on se trouve forcé de tenir compte de l'énorme pression exercée par l'eau sur les parois des écluses et de se demander si, la chute n'étant pas limitée, les portes pourraient y résister. Cette difficulté gêna les auteurs des projets primitifs. Aujourd'hui l'expérience a démontré qu'elle ne constitue pas un obstacle sérieux, et d'ailleurs la science fournit à l'ingénieur des moyens tels, qu'il peut, grâce à eux, établir des tracés avec les différences de niveaux les plus grandes.

Dans les bassins de radoub des ports,

fonctionnent des écluses dont les portes
ont jusqu'à 10^m,20 et même 25 mètres de
hauteur. Les auteurs du projet à l'étude
ont donc pu sans inconvénient adopter
pour les ouvrages de ce genre une chute
de 9 mètres. Quant aux autres dimensions, elles sont conçues de manière à permettre de passer aux navires de commerce
du plus grand type; longueur des sas,
170 mètres, largeur, au droit de l'enclave
des portes, 20 mètres, les bajoyers ayant
dans le sas, au-dessous d'une partie ver-
ticale, un fruit de 1/5 comme les murs de
quai des bassins à flot et des écluses de
Saint-Nazaire, l'ensemble formant une
surface de 3,400 mètres carrés avec une
contenance de 30,600 mètres cubes.

L'énormité de la dépense d'eau exigée
par un pareil sassement, a conduit les ingénieurs à rechercher des moyens permettant également de diminuer l'alimentation et de franchir verticalement des
hauteurs notables. Tel est le système des
écluses dites à compensation, dans lesquelles sont, de chaque côté, établis des
bassins d'épargne destinés à recevoir une

partie de l'eau du sas, après la descente, pour la lui restituer ensuite à la montée. L'emploi de ces réservoirs compensateurs est usité en Angleterre, en Belgique et notamment en Russie, où le général-major du génie, Bazaine, autorisé par Napoléon Ier à prêter son concours à l'empire Moscovite, l'appliqua sur le canal de Ladoga, notamment aux écluses de Schlisselbourg. L'économie réalisée par ce système est assez sérieuse pour répondre à toutes les objections et pour décider la faveur des ingénieurs. Il est pourtant possible de l'augmenter encore en remplaçant, pour des hauteurs quelconques, les échelles d'écluses par un sas unique, muni de réservoirs ménagés dans l'intérieur des bajoyers, d'une capacité répondant aux tranches d'eau fractionnaires du prisme du sas, — qu'on peut décomposer en autant de tranches d'égale épaisseur qu'on le désire, — et étagés les uns au-dessus des autres. Quelle que soit la hauteur du sas, on n'a jamais à dépenser, puisque les séries intermédiaires se compensent toutes avec les réservoirs, que deux tranches à la descente, deux tranches à la montée. Si le sas a 40 mètres de hauteur, la dépense n'est donc plus que du dixième. Economie notable de l'eau d'alimentation et économie non moins précieuse du temps nécessaire au passage des navires. Un modèle d'écluse de ce genre, avec caisson mobile de 40 mètres de haut sur 20 de large, glissant sur patins hydrauliques, a été établi en 1877 par MM. Pouchet et Sautereau qui le proposaient pour le canal de Nicaragua, et M. Eiffel s'est engagé à l'exécuter. Cette construction aurait un caractère grandiose d'architecture monumentale.

Ce ne serait pourtant pas encore la réalisation de la dernière vitesse et de l'économie la plus complète. L'application des forces fournit à l'ingénieur des moyens plus puissants. Tel est le système employé en Amérique pour unir le canal Chesapeake et Ohio avec le fleuve Potomac, à Georgestown, et qui consiste en un plan incliné établi entre les deux biefs, avec une double voie faisant circuler un caisson dans lequel flotte le bateau, soit équilibré

par deux contre-poids et mû par une tur-
bine, soit automoteur, c'est-à-dire que le
poids du navire qui descend fait remonter
l'autre bateau, comme une sorte de chemin
funiculaire nautique. Tels sont aussi les
systèmes de sas mobiles, admirable application d'une invention toute française, la
presse hydraulique. Il en est de plusieurs
genres, qui se recommandent également à
la faveur des constructeurs. Par exemple,
un sas mobile en tôle, pouvant monter à
20 mètres de hauteur, sous l'effort d'un
double rang de pistons hydrauliques, dis-
posés sur les deux côtés, suivant la mé-
thode de M. Clarck pour les docks flottants;
ou encore un sas mobile, pouvant être
élevé d'un coup à une hauteur quelconque,
soit par un contre-poids, soit par un second sas pareil établi en balance sur
chaînes Galle, tel qu'il en fonctionna
longtemps un, de proportions plus modes-
tes, sur le canal de Cornouailles, entre
Taunton et Tiverton. Le grand entrepre-
neur français, M. Hersent, s'engage à exécuter ce modèle pour le canal des deux
mers. Enfin le système proposé par M.

Clarck, modification ingénieuse de la forme de radoub hydraulique : deux sas en balance, supportés chacun par deux rangs latéraux de presses qu'il est possible de multiplier et de rapprocher autant qu'on le veut, en sorte que, si un accident survient à l'une d'elles, l'appareil n'est pas désemparé. Les services rendus par les grands docks mobiles de Victoria, de Malte et de Bombay, prouvent péremptoirement la puissance et l'efficacité de ces sortes d'engins. Les constructeurs du Canal n'auront qu'à choisir. Mais quel que soit le type adopté, ils réaliseront, outre une notable diminution de la dépense d'alimentation, réduite presque à rien, une économie de 10 heures de temps dans le trajet, avec une augmentation de 25 o/o de l'économie d'argent gagnée sur la voie Gibraltar. Les écluses à sas mobile nous paraissent donc devoir être adoptées.

Dans le projet actuel, les dimensions en largeur seraient : 20 mètres au fond et 44 mètres à la surface en voie normale ; aux points de croisement ou de garage des navires, elles seraient portées à 37 mètres

au fond et 61 mètres au plan supérieur.
Un chemin de halage, large de 5 mètres
dans les cuvettes en terre, de 4 mètres
dans les tranchées rocheuses et sur les
ponts canaux, donnera toute facilité à la
traction, dont le système préféré sera sans
doute celui des locomotives. Ces chemins
seront établis à 2 mètres au-dessus du
plan d'eau normal, pour que les vagues
provenant des remous puissent s'épanouir
sans inconvénient. Les berges seront mu-
nies d'un pierré ou d'une maçonnerie. De
même, dans les parties rocheuses, où les
infiltrations sont à craindre, on pratiquera
au fond du canal un lit à bain d'argile, qui
rendra la cuvette parfaitement étanche. La
section rocheuse, plus large que dans le
projet Duclerc-Lépinay, ménagera entre
le chemin de halage et le pied de la tranchée une rigole suffisante pour retenir
tous les débris d'érosion. En outre, une
seconde rigole, avec parapet de protection,
sera ménagée, vers la partie supérieure, à
la jonction du rocher et des terres. La
section en tranchée rocheuse offrira donc
toutes les garanties de solidité désirables.

La largeur totale de l'emprise est évaluée à 83ᵐ 64.

Des garages de 1200 mètres de long, à double voie, établis tous les 12 kilomètres, faciliteront les croisements, lesquels, du reste, auront lieu (sauf le cas d'un train spécial, comme en temps de guerre) régulièrement, à des heures réglementaires, déterminées par un graphique spécial, comme les croisements des trains de chemins de fer.

Des portes de garde sont prévues le long des biefs, afin de limiter les réparations et de parer aux accidents qui pourraient arriver par suite de la rupture de quelque point des digues.

Il sera établi en outre des ports de décharge de 5 hectares, en tête et au pied des écluses, pour amortir le courant du remplissage et de la vidange des sas.

Une critique adressée au projet Duclerc-Lépinay fut celle de la tranchée de Naurouse qui devait avoir 49 kilomètres de long, avec 48 mètres de profondeur au col de partage, et qui aurait exigé un déblai de 49 millions de mètres cubes. On lui

reprochait surtout d'établir le plafond du
canal au-dessous d'une large couche d'argile, dont les éboulements auraient pu
comprometttre la sécurité du passage. Afin
d'obvier à cet inconvénient, le projet actuel établit la coupée de faîte à la cote 167
mètres au lieu de 152, c'est-à-dire au-dessus de la couche d'argile. En sorte que la
tranchée n'aurait que 30 kilomètres et
qu'elle n'enlèverait que 28 millions de
mètres cubes, avec un déblai de 35 mètres
au col de partage.

Enfin, la profondeur proposée est de
$7^m 60$ dans l'axe du canal, fond suffisant
pour les bateaux les plus forts de la marine de commerce et pour ceux même de
l'État, sauf les cuirassés de premier rang.
Il sera facile d'augmenter, sans une surélévation notable du prix des travaux de
construction, cette profondeur, au cas
probable de l'adoption du canal par l'Amirauté, pour le passage de nos citadelles
flottantes.

On sait qu'il convient de calculer la
profondeur du chenal d'après le mouillage du navire le plus fort, en y ajoutant

le *pied de pilote*, qui doit être toujours
ménagé sous la quille du bateau. On sait
aussi qu'en raison de la différence des
densités (celle de l'eau de mer est de
1,026) il y a en eau douce une augmentation du tirant ; ainsi, le bateau qui tire en
mer 6 mètres, en tire $6^m 12$ en eau douce ;
6 m. 50 en mer deviennent 6 m. 63 en
canal, 7 mètres, 7 m. 14 et 7 m. 50, 7 m.
65. D'autre part, on a établi que la résistance d'un navire, marchant dans un
canal dont la section est triple du maître
couple immergé, devient le double de ce
qu'elle serait en mer libre. Il en résulte
que, si le navire peut filer 14 nœuds au
large, il conservera une allure d'au moins
7 nœuds, c'est-à-dire de plus de 12 kilomètres, dans un canal satisfaisant aux conditions énoncées. Par exemple, dans le
canal de Suez, les navires marchent à 12
et même 14 kilomètres. C'est en s'inspirant
de ces lois et en tenant compte de ces conditions que les ingénieurs ont établi les dimensions du canal, telles que nous les
avons reproduites. La plus grande section
d'un paquebot étant calculée à 81 mètres

carrés, au maître couple, il faut que la section mouillée du canal, en simple voie, soit au moins de 243. Telle est précisément la disposition adoptée, 20 mètres au plafond, 44 mètres en gueule (section 243 mètres), sauf dans les parties en double voie, où, les dimensions étant de 37 mètres au plafond et de 61 mètres en gueule, la section, d'environ 360 mètres carrés, ne représente pas le triple de deux fois 81, et en pont-canal, où la section mouillée est diminuée aussi. Il en résultera des ralentissements de vitesse dans ces passages. Mais ils seront d'une très médiocre importance, et, tel qu'il est présenté, le projet répondra parfaitement à tous les besoins de la grande navigation, en donnant accès dans le canal aux steamers et aux cargo-boats du plus fort tonnage et en leur permettant d'y prendre une allure normale de 11 1/2 à 12 kilomètres à l'heure.

Les calculs établis, en tenant compte du devis de toutes les dépenses d'achat de terrains, de matériel d'exploitation, et des intérêts de la moitié des frais de construction pendant les travaux, estiment le

capital nécessaire à 700 millions. Le port
de Narbonne et celui de Bordeaux ne sont
pas compris dans ce total ; soit un capital
de 200 millions. Sans se faire plus d'illu-
sions que M. Duclerc ne s'en faisait en
1880, il est permis d'affirmer que le revenu de la seule navigation dans le canal,
sans s'occuper du rapport des irrigations,
des forces motrices, des colmatages et des
usines, suffirait amplement, non seulement à amortir le capital, mais même à
assurer à l'actionnaire de sérieux dividendes. Un mémoire publié en 1884 établissait ainsi les données.

« Le passage par Gibraltar correspond
« à une moyenne de fret (steamers et voi-
« liers réunis) de plus de 5 francs par
« tonne, et il reçoit actuellement (1884)
« 16 millions de tonnes qui s'élèveront à
« plus de 22 millions en 1890. Sur ces 22
« millions de tonnes 18 au moins seront
« intéressés à passer par le canal, et l'on
« est très modéré en estimant à 9 millions
« ce qui transitera au bout de cinq ans,
« c'est à dire en 1895. Ce chiffre, du reste,
« se réduit à sa juste valeur si l'on réflé-

« chit qu'il ne correspond qu'à 12 bateaux
« de 1,000 tonnes en moyenne, passant
« par jour, dans chaque sens.

« Cela posé, il sera facile d'établir
« qu'avec un simple droit de 3 fr. 50 par
« tonne, chiffre qui peut être établi sans
« nouvelle convention internationale ;
« avec les concessions d'irrigations,
« d'inondations, de forces motrices; enfin
« avec les revenus du domaine, dont le
« principal sera la location des lagunes
« de Narbonne, dont la Société demande
« la concession, et qui seront colmatées
« sans dépenses spéciales, par une partie
« des excédants de déblai, on obtiendra
« des recettes largement suffisantes pour
« rembourser à l'Etat, avant dix ans d'ex-
« ploitation, la garantie d'intérêt qu'on
« lui demanderait pendant les premières
« années et qui n'atteindrait pas, en tota-
« talité, 50 millions, en quatre ans. Une
« subvention annuelle de 10 millions, en
« 12 ou 15 ans, semblable à celle accor-
« dée au canal du Rhône, suffirait large-
« ment pour éviter tout risque à l'Etat et
« assurer, dès le début, la réussite finan-

« cière de l'entreprise. Cette subvention
« serait, du reste, plus que justifiée par
« les grands avantages qu'apportera le ca-
« nal maritime à la marine de l'Etat au
« point de vue de la défense nationale, et
« elle pourrait être plus tard remboursée
« par les excédants de recettes. »

La *Société d'études*, qui a désormais
pris la direction du projet, établit aujour-
d'hui le droit de péage à raison de 3 fr. 75
par tonne; mais elle ne demande plus aucune garantie d'intérêts à l'Etat.

Quand même, d'ailleurs, le résultat
s'affirmerait d'abord plus rebelle et plus
lent, quand même l'estime du devis général serait dépassée, comme il arrive d'ordinaire dans toute grande entreprise, le
canal des deux mers et le port de Narbonne n'en devraient pas moins être faits,
car, au-dessus de tout, il en faut considérer la valeur commerciale et stratégique. Que sont 800 millions, qu'est un
milliard, quand il s'agit de la France !

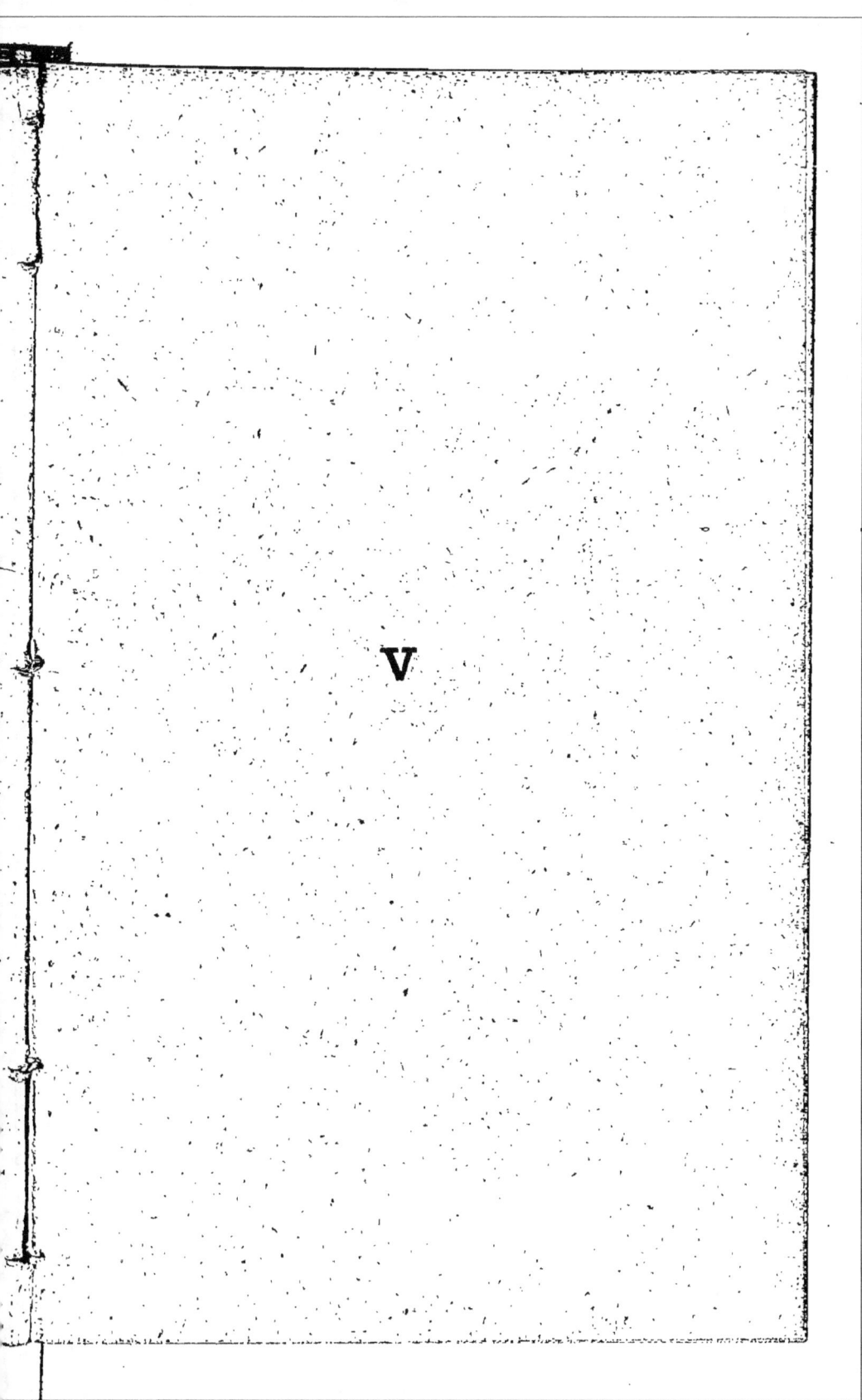

V

V

Cette question de la vitesse prime toutes les autres.

Le succès du canal en majeure partie dépend d'elle. D'où nécessité de régler la traction comme l'est celle des chemins de fer, et de rédiger un graphique de la marche des trains avec croisements prévus et réguliers. C'est ce qui a été fait.

Quel que soit le mode de traction adopté, il est admis, d'après les calculs des professeurs de l'école d'application du génie maritime, qu'avec des remorqueurs de 1,000 à 1,200 chevaux, il serait possible de traîner en grande section un paquebot du plus fort tonnage ou un train de bateaux ordinaires, à une vitesse de 18 kilomètres, — 14 kilomètres en petite section. M. de Lépinay avait adopté ce chiffre. La première commission (1880-

1882), estimait la vitesse moyenne probable dans le canal à 12 kilomètres le jour et
8 kilomètres la nuit, permettant le passage en 74 heures quarante minutes, avec,
disait le rapport, « de grands avantages
« pour la sécurité du voyage, la réduc-
« tion des frais d'assurances, l'exactitude
« de l'arrivée, etc., etc. »

Le rapporteur de la deuxième commission éleva l'approximation de la durée du
passage à 105 heures, en réduisant l'estime de la vitesse à 8 kilomètres pendant
le jour. Pourquoi?

Dans le canal de Suez, la vitesse était
de 14 kilomètres à l'heure avant l'ensemblement; puis elle fut de 12 kilomètres.
La section est de 312 mètres, et les cuirassés, dont la surface est au maître-bau
de 90 mètres, soit 29 pour 100, y passent
avec des allures de 10 à 11 kilomètres. La
présence des lacs intermédiaires, qui permettent de forcer la marche, facilite la vitesse à 14 kilomètres. Sur le canal Calédonien, dont la section est de 125^m,50 la
force des navires admis équivaut à une
surface de 57^m,50 au maître-bau, soit 45

pour 100; la vitesse autorisée est de 8 kilomètres à l'heure. Mais là encore la présence de lacs intermédiaires permet d'obtenir une moyenne de 11 kilomètres, qui, malgré les 29 écluses et les 8 ponts, fait franchir les 96 kilomètres en 8 heures 45 minutes. Sur le canal d'Amsterdam, — section 280 mètres, maximum des maîtres-baux 78 mètres carrés, soit 28 pour 100; la profondeur est de 7 mètres et les plus forts tirants d'eau de 6^m,50; — les grands navires sont admis à 9 kilomètres à l'heure, et les chaloupes à 15 kilomètres. Sur le canal des deux mers, tel qu'il est actuellement proposé, le profil présenterait 243 mètres carrés de surface mouillée; on calcule la section au maître-bau des grands bateaux à 81 mètres, soit 33 pour 100, et l'on établit la moyenne de la vitesse à 11 kilomètres. Il est vrai que les nouveaux steamers (150 mètres de long présenteront une surface plus grande, 95 mètres carrés et que celle des cuirassés au maître-bau atteint, comme nous venons de le voir, 90 mètres carrés. Mais il paraît certain que les auteurs du projet seront amenés, au moment de l'exécution, à augmenter les proportions du canal. Il faut faire grand !

Quel que soit le système de traction, touage ou halage à vapeur (car il ne faut pas songer à permettre aux bateaux de se propulser eux-mêmes), étant donné, comme nous le verrons plus loin, que l'éclairage sera de telle nature qu'il n'y ait aucune différence entre la marche de nuit et la marche de jour, cette moyenne de 11 kilomètres peut être acceptée non seulement sans risque aucun d'exagération, mais comme devant même se trouver inférieure à la réalité. En estimant à 55 heures la durée totale du trajet de mer à mer, on arrive à une économie de 2 jours sur la moyenne de tous les passages par Gibraltar.

Les vitesses sont établies comme il suit pour la distance de Bordeaux à Narbonne :

1° Avec échelles d'écluses,

Train moyen — 60 heures,

Train direct — 56 heures ;

2° Avec écluses à sas unique,

Train moyen — 57 heures,
Train direct — 53 heures.

Comme le faisait très justement remarquer M. de Lépinay, le point de comparaison à adopter pour l'établissement du calcul des bénéfices dans la traversée, en d'autres termes le régulateur commercial de l'affaire doit être le voyage de Malte à Ouessant. Quel sera donc pour ce trajet, dans les conditions de vitesse déterminées plus haut, l'avantage du passage par le Languedoc sur le périple de la péninsule ibérique?

La comparaison revient à celle d'un trajet en canal de 450 kilomètres, avec un parcours de mer de 1,750 kilomètres.

Pour les voiliers, la route de Gibraltar c'est l'incertitude absolue; nous l'avons vu par la rigueur des Compagnies d'assurances qui n'acceptent pour ce voyage que la cote n° 1. Tout avantage au canal.

Pour les navires mixtes (vapeur et voiles), l'avantage est encore plus considérable et plus frappant. Nous citerons ici (pages 12 et 13), le dernier mémoire publié par la *Société d'études* :

« Les navires les plus intéressants sont les navires
« mixtes, dont le tonnage moyen est aujourd'hui de
« 1,000 tonnes, qui, se servant de la vapeur et de la
« voile, marchent à la vitesse de 148 à 150 milles en
« 24 heures et consomment 12 tonnes de charbon par
« jour. Voici, d'après les renseignements puisés *ré-
« cemment* aux meilleures sources, auprès des Cour-
« tiers et des Armateurs de nos principaux ports, et
« *en ne prenant que les chiffres les plus faibles*, com-
« ment s'établit le bilan de leurs opérations. Ces na-
« vires coûtent 400,000 francs, et, pour un voyage
« complet, leurs frais s'élèvent à un minimum de
« 1,000 francs par jour, ainsi divisés :

« 1. Assurances .....   100 fr.
« 2. Frais généraux,
«   intérêts du ca-
«   pital engagé et
«   amortissement.   150   »
« 3. Entretien   50   »
« 4. Frais de pilotage,
«   droits de port,
«   etc............   100   »
« 5. Equipage à 20
«   hommes.......   120   »
« 6. Dépenses de la
«   machine.......   380   »
« 7. Déchargement et
«   chargement   100   »

Total........   1,000 fr.

« ce qui correspond à environ 1 franc de fret de
« tonne de jauge par jour de navigation. Si nous ne

« considérons que les frais de route, il faut retran-
« cher les articles 4 et 7 : restent 800 francs.

« Comparons la dépense d'un voyage de Malte à
« Ouessant, en passant par Gibraltar ou par le Canal.
« On aura, sur un parcours de 1,924 milles par Gi-
« braltar, effectué en 13 jours, une économie exacte
« de navigation de 716 milles, le parcours *via* Canal
« comptant pour 1,208 milles dont 216 dans le Ca-
« nal. La durée du voyage en mer étant de :

« 1,208 — 216 = ... 6 jours 70, sur le pied de
« 148 milles par jour,
« Et dans le Canal de. 2 — 50,

« Total......... 9 jours 20, les frais se-
« ront, pour Gibraltar, de 13 × 800 = 10,400 francs,
« et par le Canal, de 6,70 × 800 + 2 1/2 × 420 (1)
« = 6,410 francs.

« D'où, en chiffres ronds, une première économie
« de 4,000 francs.

« Mais il faut ajouter à cette économie l'augmenta-
« tion de bénéfices résultant de ce que les 3 jours 80
« gagnés permettront à l'armateur de faire un plus
« grand nombre de voyages par an. Si, par exemple,
« il effectuait précédemment 12 voyages par an, il
« pourra désormais, avec les 3 jours 80 gagnés, en ef-
« fectuer 16, et ces quatre voyages supplémentaires amè-
« neront un surcroît de bénéfices qu'on peut reporter
« sur les précédents. Si chaque voyage rapporte à
« l'armateur 12,000 francs nets, chiffre modéré, c'est
« une somme de 3,000 francs par voyage qu'il faut
« ajouter aux 4,000 francs d'économie directe, total :

_____

(1) 120 = 800 — 380.

« 7,000 francs, en dehors des avantages de sécurité
« plus grande et de moindre fatigue du navire, qui,
« par une diminution de la prime d'assurance et des
« frais d'entretien, portent à plus de 7,200 francs le
« profit brut résultant du passage par le Canal.

« Si nous cherchions l'économie pour le même na-
« vire allant de Palerme à Londres avec escale à Bor-
« deaux, ce qui est un cas très fréquent et qui tend
« de plus en plus à se répéter, nous trouverions, avec
« les mêmes éléments pour un fort marcheur don-
« nant 8 milles et demi à l'heure, une économie de
« passage de 4,750 francs, et pour un moyen mar-
« cheur à 150 milles en 24 heures, une économie de
« 5,500 francs, à laquelle il faudrait ajouter les mê-
« mes éléments complémentaires que ci-dessus, en
« sorte qu'on arriverait respectivement à 7,750 et à
« 8,500 francs. Si l'on venait de Gênes, de Marseille
« ou de Barcelone, l'économie dépasserait 9,000 fr.

« On peut donc affirmer que, pour ces bateaux, la
« moyenne de profit brut sera SUPÉRIEURE à 7,500 fr.,
« soit 7 fr. 50 par tonne de jauge, chiffre qui nous a
« servi de base pour établir un péage de 3 fr. 75,
« laissant un bénéfice égal à l'armateur, ou, en d'au-
« tres termes, **équivalant au passage gratuit**
« **du Canal**.

« Pour les paquebots de grande vitesse, qui don-
« nent 14 à 15 nœuds à l'heure ou 26 kilomètres, et
« qui dépensent 150 tonnes de charbon par jour,
« l'économie du trajet ne serait que de 20 heures;
« mais, si l'on compte les assurances, l'amortisse-
« ment du capital et autres frais qui n'ont pas été
« chiffrés dans le premier mémoire de la Société,
« l'économie en argent qui résulte de ces 20 heures
« et de la consommation de la machine, pendant

« 2 jours et demi, représente seule environ 10,000 fr.
« En tenant compte des autres éléments ci-dessus
« spécifiés, on atteindrait 12 à 15,000 francs, sans
« compter que des navires, construits pour atteindre
« à tout prix la plus grande rapidité possible, ont
« un intérêt majeur à profiter du raccourci que leur
« offre le Canal. »

Il est à remarquer que la durée du passage (57 et 53 heures selon les trains) indiquée pour le trajet avec les sas mobiles, est une durée non pas théorique, mais *réelle*, qui pourra être encore abrégée si les bateaux, au lieu de prendre l'un des trois trains montants ou descendants dont la marche est réglée par le graphique, demandent, dans un cas d'urgence, tel qu'une guerre maritime, le privilège de passer isolément. La traversée serait alors de 51 heures.

Cette rapidité d'allures sera assurée par : 1° la solidité des berges ; 2° le système d'éclairage pour les marches de nuit ; 3° le mode de traction adopté.

Les grands canaux exploités jusqu'ici n'ont pas de revêtements de talus. Il en résulte des érosions qui finissent par endommager la cuvette, entraver la circulation et nécessiter des frais de dragage et de réparations. Au contraire, dans le canal des deux mers la résistance des berges sera assurée par un perreyage en maçonnerie de chaux hydraulique. Ce revêtement, en permettant à une lame plus puissante de se développer à l'arrière, rendra possible aussi un accroissement de la force de propulsion, c'est-à-dire une accélération de la vitesse.

Celle-ci sera très certainement élevée au-dessus de la moyenne annoncée, 11 kilomètres, car les marches de nuit, au lieu d'être réduites à une proportion inférieure de 10 et 9 kilomètres, pourront être maintenues à 12 kilomètres à l'heure. Grâce à un éclairage spécial, d'une extrême intensité et d'une très grande projection, il n'y aura plus de différence entre la marche de nuit et la marche de jour. Au lieu d'établir des balises le long du canal, on fera porter par l'engin lui-même de traction, toueur ou locomotive, de puissants fanaux électriques qui éclaireront admirablement la route et permettront aux trains maritimes de marcher aussi facilement, aussi sûrement que le font la nuit les trains de chemins de fer. La transformation de la force disponible en électricité fournira abondamment à tous les besoins de cet éclairage, et ce progrès ne sera pas l'un des moindres réalisés dans la navigation sur les canaux.

Deux modes de traction se disputeront le choix des ingénieurs : le touage, et le halage par locomotives spéciales. Quel que soit le moteur adopté, il en résultera un premier avantage auquel la marine à vapeur sera particulièrement sensible, c'est que, pendant la durée du trajet, la machine du bateau chômera et que ce temps pourra être ainsi profitablement utilisé pour les visites et les réparations. Mais il est probable que le système du halage sera préféré. En effet, avec le remorquage naval, quel qu'il puisse être, la force des machines est limitée ; tandis qu'avec des locomotives, telles que les a étudiées M. l'ingénieur Forquenot, chef de traction des chemins de fer d'Orléans, qui a calculé des types spéciaux pour ce service, la force possible, en profil horizontal et

avec des courbes supérieures à 1,800 mètres, est presque indéfinie. Les calculs de
M. de Fréminville, ingénieur-professeur
des constructions navales, établissent qu'il
suffirait d'une puissance remorquante de
1,000 à 1,200 chevaux pour atteindre une
vitesse de 18 kilomètres en grande section
et de 14 en petite. Les locomotives dont
M. Forquenot a établi le projet pourront
donner cette force remorquante pour des
trains de 6,000 tonnes. La fixité du sens
de la traction, si celle-ci est faite de la
berge, permettra aux bateaux, surtout la
nuit, d'avoir plus de rectitude et plus de
sécurité dans leur marche. Quant à l'augmentation du tirant, elle sera nulle, le
bateau ayant, avec ce mode de traction,
tendance à s'enfoncer à l'avant et à se re-
lever à l'arrière. En revanche, la facilité
de gouverner sera plus complète. On
pourra, du reste, l'augmenter encore et la
rendre presque parfaite en ajoutant deux
poids morts à l'arrière, de façon que le
train soit comme affourché sur quatre an-
cres; disposition approuvée par les amiraux lors de l'examen du projet Duclerc-

Lépinay.

Et d'ici que l'heure d'inaugurer l'exploitation du Canal ait sonné, qui sait enfin si les progrès de la science n'auront pas permis de pouvoir utiliser économiquement et fructueusement les forces disponibles, transformées en électricité et transportées à distance, pour cette traction comme pour l'éclairage. Le moment viendra à coup sûr où *mécaniquement* le Canal se suffira à lui-même.

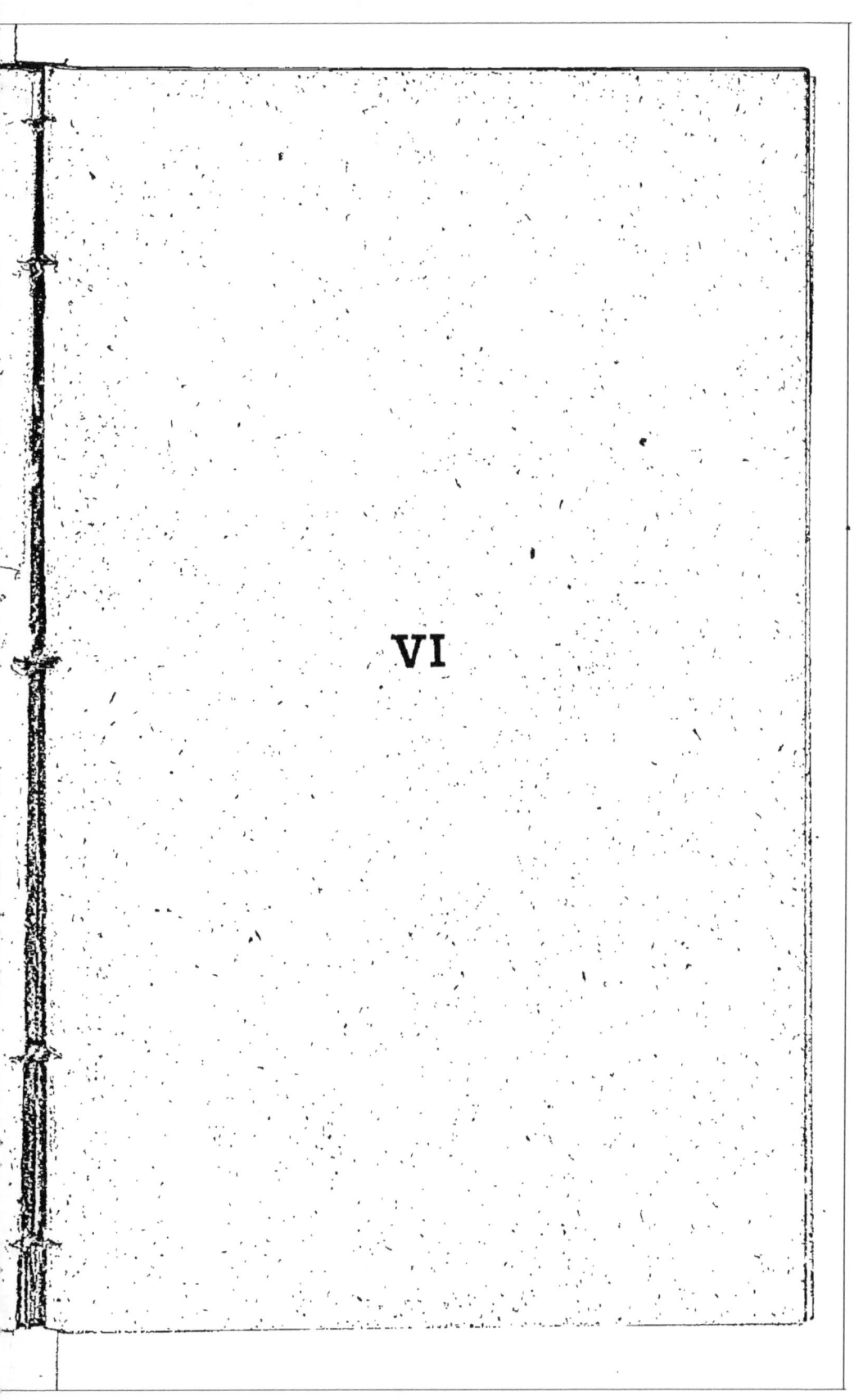

VI

VI

Le problème de l'alimentation devait, dès l'origine, préoccuper plus particulièrement quiconque s'intéressait à cette grande question du canal, sans toutefois que la solution pût paraître douteuse. On lit, à ce sujet, dans une brochure publiée en 1867 : « D'après M. Ferry, dans l'état ac-« tuel, les eaux sont fournies au bief de « partage du canal du Midi, avec une telle « abondance qu'elles suffiraient à la na-« vigation la plus active. Les réservoirs « de St-Ferréol et de Lampy contiennent « plus de 8 millions de mètres cubes « d'eau, et les ruisseaux déversent chaque «. jour, dans ce bief, 87,000 mètres cubes « dont les deux/cinquièmes coulent vers « l'Aude, et tout le reste vers la Garonne. »

De son côté, M. Dupeyrat, dans l'étude savante et consciencieuse dont nous avons parlé, disait : « Si l'on craignait que le

« nouveau canal, d'une capacité cinq fois
« plus grande, pût manquer d'eau, nous
« accepterions l'objection dans toute sa
« force. Ce serait une difficulté, sans
« doute; mais on la résoudrait en établis-
« sant un vaste réservoir analogue à celui
« de St-Ferréol, dans la vallée de l'Aude.
« On pourrait, en outre, faire un em-
« prunt à l'Ariège; on établirait, à cet
« effet, un barrage sur un point élevé de
« cette rivière, et, par ce moyen, on dis-
« poserait d'une plus grande abondance
« d'eau que celle qui peut être nécessaire.

« L'alimentation du canal maritime
« pourrait donc être assurée, et ce point,
« le plus important de tous, étant résolu,
« tout obstacle sérieux disparaît. »

Ce n'est, en effet, qu'au moyen d'emprunts faits aux cours d'eau de la région,
dans les parties élevées du bassin de la
Garonne et de celui de l'Aude, qu'il sera
possible d'assurer cette alimentation. Mais
elle sera aussi certaine qu'abondante.

La première commission d'enquête,
chargée d'examiner le projet Duclerc, qui
était composée en majeure partie d'ingé-

nieurs, déclarait que : « la question d'ali-
« mentation ne présente pas un obstacle
« insurmontable qui devrait faire renon-
« cer à l'exécution du canal, si son utilité
« était reconnue à d'autres points de vue.»

En tenant compte des pertes d'eau qu'il
est possible d'évaluer à l'avance, on peut
établir que l'alimentation du canal sera
assurée en prenant à la Garonne 12 mètres
cubes au-dessus de Toulouse, et 8 mètres
cubes en aval, et en empruntant à l'Aude
3 mètres cubes qui pourront être même
réduits à 1 m. 50.

La première Commission évaluait à
7 m. 60, par seconde, la perte par évaporation et par infiltration. Le rapporteur
de la Commission extra-parlementaire
l'avait élevée à 14 mètres cubes.

Les auteurs du projet actuel, s'ap-
puyant sur des formules établies par
M. Wickersheimer, l'estiment à 7 m. c.
au maximum.

La dépense d'eau d'un canal se compose,
en effet, de trois éléments distincts : 1°
l'évaporation au plan d'eau; 2° les infiltrations par la cuvette; 3° les pertes occa-

sionnées par les manœuvres dans les écluses.

De ces trois déperditions, la première est évaluée, et rien ne saurait y obvier : c'est une tranche de 4 millimètres qui disparaît journellement sous forme de vapeur.

Les infiltrations sont variables.

Le canal du Midi subit dans son niveau un abaissement journalier de $0^m,028$ entre Toulouse et Le Fresquel (Carcassonne), et de $0^m,038$ sur tout le reste de son parcours jusqu'à la Méditerranée. A cette diminution concourent les trois éléments de perte ci-dessus établis, ainsi que les dérivations provenant du service des arrosages. M. de Lépinay, dans son mémoire, retranchant la seule évaporation, trouvait une perte de $0^m,024$ et de $0^m,034$ qu'il doublait pour le grand canal, arrivant ainsi à une évaluation de $0^m,048$ dans la section de Carcassonne à Bordeaux, et de $0^m,068$ dans celle du Fresquel à Narbonne.

La première commission, admettant ces chiffres, avait évalué la perte par infiltration à $0^m,048$ dans les parties en dé-

blai, et à 0^m,068 dans les parties en remblai.

La seconde commission au contraire
déclara : « Tout ce qu'il est permis d'es-
« pérer c'est que, par l'exécution de tra-
« vaux d'étanchement appropriés sur cha-
« que point à la nature du sol, il sera pos-
« sible de donner à la cuvette du canal
« projeté la valeur, au point de vue de
« l'étanchéité, que les ingénieurs ont réa-
« lisée au canal de la Marne au Rhin par
« les travaux exécutés en 1856, c'est-à-
« dire que dans l'une et dans l'autre cu-
« vette, 1 mètre carré de talus, également
« pressé, laissera passer la même quan-
« tité d'eau, et que, pour les parties iné-
« galement pressées, les pertes par mètre
« carré seront proportionnelles au carré
« des charges. » Partant de ce principe,
on arrivait à établir une formule donnant comme perte quotidienne 0^m,170,
trois fois ce qu'indiquait M. de Lépinay,
six fois ce que perd le canal du Midi !

L'assimilation du canal projeté avec le
canal de la Marne au Rhin n'est pas ad-
missible. Celui-ci a été établi dans un ter-

rain crayeux, le plus perméable de tous les milieux. Le canal des deux mers au contraire, dans les trois quarts de son parcours traversera un sol argileux ou des graviers faciles à étancher. La résistance de ces terrains à l'infiltration sera supérieure à la pression du liquide. Son zèle égarait la commission.

Mais la perméabilité des terrains fût-elle comparable, que la formule manquerait encore d'exactitude. Il ne peut être admis comme vrai que la perte par infiltration soit proportionnelle à la racine carrée de la hauteur de l'eau. Au contraire, cette perte a tendance à diminuer en raison directe de l'épaisseur des parois, de sorte que dans les parties en remblai, l'épaisseur des levées agit en sens inverse de la charge du liquide. A plus forte raison, doit-on dans les parties en déblai compter sur une déperdition moindre encore. L'évaluation de M. de Lépinay peut donc être maintenue comme strictement exacte, et les ingénieurs n'hésiteront pas à prendre 0,060 pour moyenne de la perte par infiltration.

Restent les déperditions provenant des passages de bateaux dans les écluses. Elles seront, grâce aux bassins d'épargne, de $4^m,25o$. La perte quotidienne par évaporation étant évaluée à $0^m,23o$ par seconde, et celle par infiltration à $3^m,4oo$, la dépense totale sera donc réduite à la moitié à peine de ce que la commission d'enquête avait évalué, 16 mètres cubes, soit seulement $7^{mc},88o$, au bief de partage, celui dont l'alimentation est la plus importante à assurer et celui aussi où la diminution doit être le plus sensible. En ajoutant à ce total une somme à valoir de $1,^m12$, et en adoptant le chiffre de 9 mètres cubes pour l'estimation générale des besoins au bief de partage, les ingénieurs seront donc certains de se tenir dans le vrai.

On pourra réduire encore la perte provenant des manœuvres d'écluses en remplaçant leurs groupes ou échelles par un sas unique de hauteur quelconque, dont les différents systèmes ont été étudiés. Cette perte tomberait ainsi de $4^m,25$ à $2^m,10$, et la dépense *maxima* du bief de partage serait ramenée à 7 mètres cubes au lieu de 9 mètres.

La rigole d'alimentation de ce bief amènera à Naurouse la somme d'eau nécessaire, prise dans la Garonne à la cote 190. Mais des deux évaluations que nous venons d'indiquer, quelle que soit celle qui résulte de la construction des écluses, ni les besoins du canal, ni le débit régulier du fleuve ne seront en aucun cas compromis. Si l'on se contente en effet d'une prise de 7 mètres, on enlèvera à la Garonne, en y ajoutant les 5 mètres de la rigole inférieure d'alimentation, un total de 12 mètres cubes, qui sera de 14 mètres si l'on pratique l'emprunt de 9 mètres. Or, le débit de la Garonne, grossie des 12 mètres de l'Ariège, est de 40 mètres cubes en plus bas étiage. Il resterait donc pour les besoins de Toulouse, dans le premier cas 28 mètres, et 26 dans le second. Les calculs les plus exigeants admettent que ces besoins, en dehors des usines du Bazacle, que l'entreprise du canal désintéresserait facilement, ne dépassent pas 12 mètres cubes par seconde.

Restent les biefs secondaires.

De Toulouse à Bordeaux, on aura à pourvoir à 15 mètres cubes, se décomposant en : 0^m,62 d'évaporation par seconde, 9^m,25 d'infiltration, 3^m,20 de navigation et 1^m,93 d'imprévu, correspondant à 166,752 mètres cubes, c'est-à-dire plus de 10 éclusées. Ces 15 mètres cubes par seconde seraient réduits à 13 mètres avec les écluses à sas unique. Pour y subvenir, on disposera de près de 2 mètres cubes venant des manœuvres des biefs de partage, d'une prise soit de 5 mètres un peu au-dessus de Toulouse, soit de 12 mètres au-dessous de cette ville, après que l'eau empruntée par les usines a été utilisée et restituée à la Garonne, d'une seconde prise pratiquée en dessous du confluent du Tarn, qui à lui seul débite 20 mètres cubes en bas étiage, et, au besoin, pour la première écluse de l'Océan, d'une troisième prise dans la Leyre, à Mios. Toute assurance de ce côté.

L'alimentation du versant de la Méditerranée, de l'écluse de Barbeira à Narbonne, devra répondre à une dépense de

4 mètres par seconde, ainsi répartie :
$0^m,10$ d'évaporation, $1^m,30$ d'infiltration,
$2^m,125$ de navigation et $0^m,475$ d'imprévu
représentant $41,040$ mètres cubes, la valeur de trois éclusées. Avec les sas mobiles, ces 4 mètres cubes seraient réduits
à 3 mètres. Pour répondre à ces besoins, on
disposera de $2^m,65$ par seconde, venant des
manœuvres des écluses des biefs de partage, et d'une prise de 3 mètres dans
l'Aude dont le débit, en bas étiage, est de
7 mètres.

En résumé, M. de Lépinay déclarait
dans son mémoire que, 35 mètres cubes
devant rigoureusement suffire à l'alimentation de tout le canal, il convenait, pour
parer à toutes les éventualités, d'élever ce
volume à 45 mètres cubes, soit 20 mètres
cubes pour le bief de partage et le versant
narbonnais, 20 mètres cubes pour la descente de l'Océan, jusqu'au Mas d'Agenais,
et 5 mètres du Mas d'Agenais à Bordeaux.
La Commission d'Inspecteurs généraux,
présidée par M. Lalanne, jugea qu'un débit de 30 mètres cubes devait être suffisant. Les auteurs du projet soumis à l'exa-

men du parlement proposent pour une
section moindre, avec des bassins d'épargne ou des sas mobiles, une alimentation
totale de 28 mètres, qu'il leur sera facile
d'élever à 3o mètres sans nuire aux riverains des deux fleuves et sans avoir à re-
douter aucun risque de chômage.

Il convient d'ajouter qu'un projet d'établissement de lacs artificiels ou réservoirs
dans les régions pyrénéennes supérieures
est depuis lontemps à l'étude. L'utilité de
ces bassins, en présence de l'inconstance
du régime des eaux dans ces contrées et
des épouvantables désastres qu'entraînent
les inondations, est trop incontestable,
trop saisissante, pour qu'il soit utile d'in-
sister. Le lugubre souvenir de juin 1875
est présent à toutes les mémoires. Ces travaux, destinés à régulariser l'étiage de la
Garonne et de ses principaux affluents, à
préserver Toulouse et les plaines du retour des surprises qui trop souvent ont
désolé ce magnifique pays, en même temps
qu'à assurer un débit normal, même dans
la saison des basses eaux, ne serviront
pas moins au canal auquel ils prépareront

une alimentation de 40 mètres cubes par seconde. Il est à croire que les constructeurs de la grande route maritime nationale seront amenés à se charger aussi de cette entreprise, dont la connexité avec le reste de l'œuvre est frappante, et dont le coût, étant donné leur outillage et les disponibilités de déblais pour le barrage des vallées, ne serait pas pour eux très élevé; et qu'ainsi ils réussiront à servir également tous les intérêts, ceux de la sécurité d'un pays trop souvent alarmé par les turbulences du fleuve, et ceux de la France.

VII

VII

De la darse de Bordeaux à celle de Narbonne, le tracé du canal est tout indiqué par la topographie des pays qu'il doit traverser et par les conditions de construction que nous venons d'étudier. Jusqu'à Castelsarrazin, il suivra la rive gauche de la Garonne, sans toucher au canal latéral et sans rencontrer d'autres passages difficiles que ceux de Layrac et d'Auvillars qui nécessiteront des travaux d'art assez importants. De Castelsarrazin à Toulouse, deux plans sont en présence : l'un continuant sur la rive gauche, pour arriver au sud et en amont de Toulouse, au pont d'Empalot; l'autre sautant sur la rive droite, ouvrant un vaste port à Toulouse et contournant la ville pour se raccorder avec le tracé précédent au sud de Saint-Cyprien. La continuation directe au nord de la ville ferait, il est vrai, éviter le second passage de la Garonne, à Empalot; mais il aurait un inconvénient plus grand, par la nécessité de couper les lignes ferrées de Toulouse à Paris et de Toulouse à Cette. Ce tracé aurait l'avantage de supprimer les travaux coûteux de la grande échelle de 45 mètres, nécessaire à Belleperche dans le profil par la rive gauche; mais il entraînerait l'obligation de passer une fois de plus la Garonne et de dévier le canal latéral pour le faire aboutir dans le port ménagé à Toulouse, à l'ouest des allées La Fayette. En somme, il y aurait à peu près compensation d'inconvénients et de profits, et ce sera à l'Etat de se prononcer entre les deux projets.

De Toulouse à Narbonne, après avoir traversé la Garonne à Empalot, le canal remontera la vallée du Lhers, pour atteindre le faîte de Naurouse; il descendra à Castelnaudary, passera à Carcassonne, et, après avoir traversé les cols de Moux et de Montredon, il aboutira dans la rade, sans avoir touché au canal du midi ni au chemin de fer.

Tel que nous venons d'en faire succinc-
tement connaître l'économie, ce plan est
réalisable en moins de temps et au prix
de moins de sacrifices que le pessimisme
de certains esprits chagrins ne serait porté
à le donner à croire.

La *Société d'études de travaux français*, dans un mémoire justificatif, établit
ainsi ses devis :

Dépenses d'exécution	545,000,000
Matériel.....................	35,000,000
Expropriations	55,000,000
Intérêt aux actionnaires......	65,000,000
Total...............	700,000,000

Deux entrepreneurs, dont le nom asso-
cié aux plus grands travaux de notre époque est une haute garantie de talent et
d'exécution, MM. Hersent et Bord, se
sont engagés, croyons-nous, à établir le
canal pour une somme de 489,850,000 fr.

Ce serait donc, en tenant compte de
l'imprévu, un capital de 750 millions qui
serait nécessaire à cette gigantesque entreprise. Quand l'heure sera venue, la France
n'hésitera pas à les donner.

Les recettes avaient, dans le projet Duclerc, été évaluées comme devant porter, après la deuxième année d'exploitation, sur 14 millions de tonnes, ce qui, avec un droit de péage de 3 fr. 50 c. par tonne, représente 20 millions de francs.

Aujourd'hui le tonnage possible est *grosso modo* estimé à 20 millions de tonnes et l'on compte sur une recette, dès la première année, de 15,700,000 francs, qu'on calcule devoir, en dix ans, s'élever à 60 millions, dont 3/4 de droits de navigation, et 1/4 de recettes accessoires, irrigations, submersions, forces motrices, etc. En évaluant les frais d'exploitation à 7,000,000, ce seraient donc encore 53,000,000 de bénéfice, qui représenteraient l'intérêt à 8 pour 100 du capital engagé.

Si l'on étudie attentivement le mouvement ascensionnel de la prospérité du canal de Suez, malgré les évènements les plus contraires, la révolte du Mahdi, la guerre, les incertitudes de la politique, malgré la crise qui sévit sur toute l'Europe, on est amené à conclure, par similitude, que ces prévisions sont loin d'être entachées d'un optimisme exagéré. Non seulement les deux canaux doivent être, comme trafic, solidaires l'un de l'autre, mais le canal des deux mers sera, de plus, créé dans des conditions plus favorables que celui dont M. de Lesseps fut le puissant initiateur. Il trouvera un courant tout établi d'affaires. Il est permis de dire que, non seulement ses recettes seront proportionnelles à celles de son aîné, mais qu'elles lui seront sans doute même supérieures, car sa création développera une nouvelle intensité de vie commerciale dont Suez profitera aussi bien que la route française du Languedoc ; mais, en outre du transit général d'Orient en Occident, la clientèle de la majeure partie du trafic de la Méditerranée avec l'Océan lui sera assurée.

M. Verstraët a démontré que, d'après les éléments de la statistique générale de 1880, on pouvait évaluer à 14,000,000 de tonnes, le tonnage *possible*, et à 6,000,000 le tonnage *probable*, c'est-à-dire celui qui eût été acquis immédiatement, si le canal eût été construit à cette époque.

Le bénéfice que réalisait ce tonnage en passant par la voie nouvelle, équivaut à 90 millions de francs.

Le canal de Suez ne fait pas de touage et ne peut admettre les voiliers. Pour qu'une nombreuse clientèle lui fût assurée, il fallut attendre que la transformation du propulseur eût été opérée. De là la mollesse et les lenteurs du résultat au début. De là aussi, après quelques années, l'amoindrissement de la marine à voiles, presque frappée à mort dans la Méditerranée ; et, par contre-coup, la rapidité actuelle de l'augmentation des revenus.

Dans le canal des deux mers, grâce au touage et au halage, les voiliers entreront pour une part importante dans la clientèle ; la marine à voile sera de son côté redevable à l'ouverture de cette route directe, d'une nouvelle faveur et du réveil de sa vitalité. La pratique de Suez a vaincu la répugnance des capitaines à naviguer dans les canaux : la fréquentation de celui-ci sera donc dès l'origine assurée. Elle ira en augmentant avec le temps. Car, ainsi que l'a fait tout récemment ressortir le *Congrès de navigation internationale* réuni à Vienne, en émettant le vœu que lorsque un chemin de fer est arrivé à son maximum de trafic, on recherche s'il n'est pas préférable de construire un canal de navigation intérieure ou maritime ; la création d'un canal ouvre de nouveaux débouchés, provoque les échanges, excite l'activité commerciale, et multiplie les transports avec les affaires.

Ici il convient de citer le mémoire :

« Il n'est pas téméraire d'affirmer que, « dans un délai *minimum* de cinq ans, « tout ce qui doit raisonnablement passer « par le canal y passera.

« Mais les chiffres relevés en 1880, par « Verstraët seront alors considérablement « majorés. Ce ne sera plus à 14,000,000 et « à 6,000,000 tonnes qu'il faudra évaluer « le tonnage possible et le tonnage proba- « ble, mais à 18 et à 9 millions de tonnes, « dont on peut admettre que 4 se présen- « teront la première année (soit 5 bateaux « de 1,000 tonneaux par jour, dans cha- « que sens), 6 la seconde (soit 8 bateaux

« de 1,000 tonneaux par jour dans cha-
« que sens), 7 la troisième (ce qui corres-
« pond à 10 bateaux), 8 la quatrième et 9
« la cinquième, ou 12 bateaux de 1,000
« tonneaux dans chaque sens.

« A partir de ce moment, il suffira de
« compter sur une simple accrue de 3
« pour 100. Elle est de 2,53 pour 100 sur
« les chemins de fer, mais en réalité, le
« tonnage général des marines réunies
« croît beaucoup plus vite, car il a aug-
« menté de 167 pour 100 en vingt ans,
« de 1859 à 1879, ce qui constitue une
« moyenne annuelle simple de 8 pour 100
« et une moyenne composée supérieure
« à 5 pour 100.. En ne comptant que 3
« pour 100, on reste donc dans les limites
« d'une prudence exagérée.

« La voie maritime doit en outre créer
« un tonnage spécial dans le pays. Les
« cinq départements traversés et les dé-
« partements limitrophes offrent une po-
« pulation de plus de 5 millions d'habi-
« tants, et la matière commerciale y est
« très abondante, surtout du côté des Py-
« rénées où le canal permettra d'établir

« une foule de débouchés nouveaux.
« Le tonnage des grandes voies actuelles
« de la région, s'élève à 1,200,000 ton-
« nes. Il n'est pas imprudent d'admettre
« que ce chiffre sera doublé en cinq ans,
« et qu'il jouira ensuite d'une accrue *mi-*
« *nima* de 2 pour 100, inférieure à l'ac-
« crue des chemins de fer.

« Quant au prix de péage, il est évidem-
« ment très modéré à 3 fr. 50 (1), chiffre
« notablement inférieur à la différence du
« fret actuel des deux côtés du détroit de
« Gibraltar et surtout à l'économie que
« les navires réaliseraient sur leurs dé-
« penses, en passant par le canal. Pour le
« trafic local, ce n'est en moyenne que le
« quart de ce que l'on paye actuelle-
« ment. À ces conditions tout le monde
« passera...

« On peut donc affirmer que, la dixième
« année, la recette de navigation dépas-
« sera 45 millions de francs. Cela seul
« doit suffire pour assurer le succès ; mais

---

(1) Le tarif est actuellement proposé à 3 fr. 75 c., par
la *Société d'études*.

« il convient de tenir compte de ce qui
« arrivera par surcroît. »

En 1877, le mouvement des affaires
dans les départements immédiatement intéressés au canal, — Aude, Pyrénées-
Orientales, Hérault, Haute - Garonne ;
Ariège, Tarn, Tarn-et-Garonne, Lot-et-
Garonne, Aveyron, Lot, Gers, Landes,
Dordogne, Gironde, — a été, tant agriculture que vins, industries, commerce,
mines, de 1,491,000,000 de francs.

En 1882, ce total s'est élevé à 1 milliard
687,000,000 de francs. Malgré la période
désastreuse de crise vinicole, industrielle,
agricole, l'augmentation en 5 ans a donc
été de 196,000,000 de francs !

Cette progression autorise à espérer en
1890, un total de 2 milliards, qui, au prix
moyen de 400 francs la tonne, représen-
teront 5,000,000 de tonnes.

De cet énorme tonnage le canal doit
facilement compter que la moitié au
moins passera par ses eaux, 2,500,000
tonnes qui, au prix de 3 fr. 50, produi-
raient un revenu de péage de 8,750,000 fr.

Mais ce rendement sera supérieur encore, parce que, la création même du canal provoquant l'installation d'usines, excitant l'intensité de la vie commerciale, favorisant le développement de la production agricole, il en résultera un accroissement dans les expéditions et dans le tonnage.

A ces éléments essentiels de prospérité, il convient enfin d'ajouter les recettes qui proviendront de concessions d'eau pour l'irrigation, pour la submersion, celles de la force motrice et celles des revenus domaniaux.

Nous avons vu de quelle importance, aujourd'hui plus que jamais, sont pour le Midi les arrosages et les submersions. Nous en avons établi la moyenne en même temps que montré la commodité par le canal. Celui-ci sera en état de transporter un cube égal à celui de la Garonne dans les étiages ordinaires, dont le débit moyen est de 70 mètres à la seconde. L'ensemble des rigoles d'alimentation et des bassins de réserve permettra d'introduire à volonté ce volume dans le canal et de l'y faire circuler, sans même atteindre la vitesse de

0,20 à la seconde, qui est celle cependant des approvisionnements du canal latéral, et qui d'ailleurs ne serait pas de nature à incommoder la navigation. L'altitude à laquelle sera presque partout établi le profil facilitera les dérivations de manière à satisfaire tous les besoins, depuis Béziers et Perpignan jusqu'au fond du Médoc. On estime ce revenu à 5,250,000 francs, au bout de 10 ans.

Le prix du loyer de l'eau comme force motrice est de 200 francs par cheval-vapeur. Chaque litre d'eau, complètement utilisé dans sa descente, rend une force effective de un cheval et demi représentant en charbon ou en machine une valeur de 600 francs. Si l'on admet dans le canal la quantité d'eau utile à sa seule alimentation égale à 30 mètres cubes par seconde, on arrive à un total de 45,000 chevaux d'une valeur industrielle de 20 millions.

Mais, en raison de l'abondance de l'alimentation provenant de diverses rigoles et des bassins supérieurs, les ingénieurs admettent une disponibilité de 50,000 chevaux.

En établissant le loyer de l'unité à 150 francs au lieu de 200 francs, on pourra donc justement espérer réaliser, au bout de 10 ans, un bénéfice certain de 7 millions et demi à 8 millions par an.

Il ne sera pas d'ailleurs nécessaire d'attendre que l'installation des industries sur le bord du canal ait déterminé l'emploi sur place de ces forces motrices. Leur transformation en électricité et leur transport à distance par le système Despretz, assureront, dès le début, un revenu certain qui ne pourra qu'aller en augmentant, et auquel tous les pays situés sur le parcours ou à proximité contribueront à coup sûr, en même temps qu'ils seront reconnaissants de l'inauguration d'un aussi utile et aussi admirable progrès.

Enfin les revenus domaniaux seront de trois sortes : 1,500 hectares de francs-bords, calculés à 100,000 francs par an ; 2,000 hectares de pêche, à 50,000 fr. ; et les lagunes colmatées de Narbonne et de Gruissan, au moins 2,000 hectares, dans lesquels la vigne trouvera un milieu des plus favorables et qui ne devront pas rapporter moins de 1,000,000 : total 1,150,000 francs, dès la deuxième année.

L'argent manquera-t-il pour une œuvre aussi glorieuse, aussi féconde en résultats, pour une entreprise où le patriotisme n'est pas moins intéressé que la spéculation financière ? L'élan est donné. Les millions afflueront. Ce serait douter de la France qu'hésiter à l'affirmer hautement.

L'honorable rapporteur de la Société d'agriculture de la Gironde, M. Seignouret, s'exprimait ainsi dans la séance du 3 avril 1867 : « Alors que tant de capitaux « improductifs cherchent de tous côtés un « emploi profitable, qui leur échappe, « et vont souvent se perdre dans des emprunts et des entreprises étrangères, « inutiles au développement de notre bien- « être intérieur, il est véritablement bon « que des projets de cette haute portée « viennent les solliciter, les détourner « d'une direction préjudiciable à la fortune « publique, et les fixer sur notre sol, de « manière à augmenter l'activité de nos « travaux dans le présent et notre richesse « sociale dans l'avenir. »

Ces paroles sont toujours vraies, et de toute notre conviction nous nous associons à la sagesse de leurs vues, à la générosité de leurs sentiments.

C'est le cœur haut et les regards fixés vers cet avenir, but suprême des efforts de la communauté d'un peuple, vers cet avenir que nous rêvons le plus grandiose, le plus prospère pour la patrie française, que nous devons marcher dans la voie du Progrès. Et tout ce qui peut être un peu de ce progrès sublime, un peu de cette réalisation matérielle du rêve radieux de la foi ésotérique, doit être un pôle auquel nous allons droit, sans nous inquiéter des intrigues ni des entraves.

Mais puisqu'il est imposé à nos élans de mesurer leur puissance, à nos enthousiasmes de calculer, et que l'Idéal doit se rendre aux exigences du Capital, son indispensable auxiliaire, nous ferons entendre à cet allié hautain des considérations auxquelles il ne restera pas insensible.

« Partout, même en Egypte, — disait « naguère, — c'était à l'époque où une « violente spéculation à la baisse était

« tentée sur les actions de Suez, — disait
« naguère un des journaux les plus auto-
« risés de l'Europe, — règne cette opinion
« que le canal, *s'il est jamais praticable,*
« *ne saurait en tous cas être susceptible*
« *de produit.* Beaucoup de personnes as-
« surent qu'il ne pourra jamais donner
« un intérêt de 4 1/2 pour 100 au capital
« qui sera dépensé.

« Quel peut donc être le mobile qui a
« poussé un homme aussi habile que
« M. de Lesseps à entreprendre et exé-
« cuter un pareil travail avec tant d'ar-
« deur? Comme d'autres, il a dû en pré-
« voir les résultats; il doit donc avoir
« d'autres desseins, et ces desseins ne
« sauraient échapper aux regards de per-
« sonne...

« Les ingénieurs employés sur les lieux
« avouent qu'avec les ressources dont on
« dispose actuellement en travailleurs, il
« faudra au moins *cinquante ans* pour
« mener les travaux à bonne fin.

« Combien faudra-t-il consacrer de mil-
« lions pour arriver au but? C'est ce qu'il
« serait difficile de calculer; mais ce qui

« est certain, c'est qu'il y a des actions
« offrant plus de garanties de sécurité que
« n'en offrent celles du canal de Suez. »

Le temps a passé. Les calomnies se sont
tues. La gloire est venue.

Et malgré les obstacles, malgré les antagonismes, malgré les périodes désas-
treuses, voici qu'aujourd'hui les recettes
sont de 65 millions; 17 pour 100 de dividende!

Que les agiotages ou les haines se dé-
chaînent contre le canal des deux mers!

Nous donnons à ses détracteurs rendez-
vous à la Bourse le jour des dividendes!

VIII

VIII

Le débouquement du canal sur l'Océan était tout indiqué. Bordeaux, la métropole du sud-ouest, port naguère si important et auquel les travaux qui y seront exécutés donneront avec une plus grande expansion une fortune nouvelle, plus considérable et plus persistante, s'imposait sans conteste. Le projet, un instant étudié, de faire aboutir la route navigable du Languedoc à Arcachon fut bientôt délaissé. C'est Bordeaux qui devait être tête de la ligne nationale sur l'Océan, et qui le sera. Son commerce y gagnera de voir réalisés enfin des vœux depuis si longtemps formulés et auxquels les circonstances et le temps donnent de plus en plus un caractère impérieux d'urgence; le canal ne gagnera pas moins à s'ouvrir au milieu d'une Cité puissante, dont les Mai-

sons sont en relations avec le monde entier et dont le patronage sera pour lui en
quelque sorte le commencement du succès.

A Bordeaux, on tombe en Garonne. Un
vaste développement de quais, un outillage installé, un fleuve majestueux, un
port tout fait en un mot, auquel il suffit
d'apporter les améliorations et les agran-
dissements nécessités par un pareil accroissement de navigation et depuis bien
des années reconnues d'ailleurs indispensables, justifient les préférences et mar-
quent avec précision le point d'arrivée
sur ce versant. Il paraît moins facile à dé-
terminer sur la Méditerranée, où tout
sera à créer, circonstance qui empêche
l'évidence de se manifester tout d'abord à
l'option de l'ingénieur. Sans doute, il n'y
eut jamais, malgré les aspirations et les
efforts d'une rivalité voisine, sérieuse hésitation sur le choix de Narbonne. C'est
l'antique capitale de la Gaule Narbonnaise qui donnera au port son nom, de ce
côté. Mais ce port lui-même, où sera-t-il?
Plusieurs projets ont été proposés; plu-

sieurs stations ont brigué la faveur d'être adoptées; des compétitions, des antagonismes se sont élevés. Dans des questions d'une pareille gravité, il importe de s'inspirer uniquement de l'avantage supérieur de tous, et de ne rien accorder à l'entraînement et au prestige.

M. de Lépinay s'était prononcé pour La Nouvelle. M. Lalauze a demandé qu'on descende jusqu'à Port-Vendres, sans se préoccuper de l'immense allongement qui en serait la conséquence, de la difficulté dangereuse que présente la passe de ce port, et de la nécessité enfin de créer un abri, un point de relâche, un centre pour la marine au fond de ce cul-de-sac redoutable du golfe du Lion, qui s'étend de la pointe de Leucate à l'Ouest, au cap Brescou à l'est. M. Bouffet, ingénieur en chef du département de l'Aude, qui, au talent, joint l'avantage de très bien connaître le pays, s'est attaché dans une étude très consciencieusement faite, à démontrer qu'on peut en toute sécurité aboutir à Gruissan, où les hauteurs qui dominent permettent d'établir des ouvrages de dé-

fense importants. Enfin, dès longtemps La
Franqui, par le bonheur de sa situation
et par ses eaux profondes, avait attiré
l'attention des ingénieurs et des officiers
de la marine. Les auteurs des différents
projets qui ont été produits depuis plusieurs années, en ont donc fait aussi l'objet d'une étude spéciale.

Quel que soit de ces trois points qui se
regardent, échelonnés sur la côte, celui
qu'on choisira définitivement, ce ne sera
qu'un avant-port. Mais au prix de quels
travaux, si la faveur se décide pour Gruissan ou pour La Nouvelle! Les courbes
de niveau, au grau de Gruissan comme à
l'entrée du chenal de La Nouvelle, donnent des cotes qui varient entre 2 et 5 mètres, sans jamais dépasser cette profondeur. Il faudrait donc pousser les jetées
assez loin au large, c'est-à-dire exécuter
des constructions longues, pénibles et coûteuses, à moins de s'obstiner, comme l'ont
fait trop souvent les ingénieurs, à vouloir
lutter contre la loi des niveaux, c'est-à-
dire creuser une passe qui sera sans cesse
ensablée, préparer une barre. A la Fran-

qui seulement, on trouve des fonds de 20
et 30 mètres, abrités contre les coups de
vent d'ouest, — les plus violents dans ces
parages — par la pointe de Leucate, qui
a en outre l'avantage de dévier et de re-
jeter au large les courants et les sables venant de la direction de l'Espagne, comme
le cap Brescou, à l'est, détourne en partie
les dépôts amenés par le Rhône. Mais La
Franqui, anse admirable, en eau profonde, s'ouvre sur le large. L'objectif doit
être un vaste abri intérieur.

Le premier mérite d'un port est d'être
sûr; surtout si ce port, destiné à un commerce considérable, doit en même temps
être un des arsenaux importants du pays.
C'est ici le cas. Cette sécurité vient de
l'abri contre les vents, contre les bom-
bardements du large et contre les surprises. Plus l'engin d'attaque sera perfectionné, plus cette nécessité s'imposera iné-
luctablement.

De nos ports militaires, Rochefort seul
réunit ces conditions, gardé en avant par
Boyard et par Fouras, et retiré assez loin
sur la Charente, comme le sont Wool-

wich et Greewich en Angleterre. On peut
bombarder Cherbourg par dessus la di-
gue, Lorient et Toulon par dessus les passes; à Brest, on peut forcer le goulet. Les
millions prodigués pour les fortifications
de notre grand arsenal méditerranéen et
pour les défenses avancées de sa rade,
travaux et dépenses qui recommencent
sans cesse et qui jamais ne paraissent suf-
fisants, prouvent bien quelle est la solici-
tude constante de l'amirauté à ce sujet. Si
Toulon, avec son splendide mouillage, se
trouvait reculé à l'intérieur, comme l'est
Rochefort, ce serait le premier port, le
plus formidable, le plus imprenable du
monde, sans que sa protection et sa sécurité coûtassent à l'Etat tant de sacrifices,
d'études et de travaux renouvelés.

C'est cette enviable situation qu'il sera
facile de créer à Narbonne; le pays s'y
prête merveilleusement, et l'ingénieur
n'aura que peu à faire pour achever l'œuvre de la nature.

Du haut de la tour auguste qui rappelle
tant de souvenirs d'un passé glorieux, que
surmontaient naguère les bras aux signes

mystérieux de l'ancien télégraphe, et sur la plate-forme de laquelle il sera naturel d'installer un poste sémaphorique ; du haut de cette tour gardienne altière de l'hôtel de ville, ancien palais princier et épiscopal, où se trouvent aujourd'hui les riches collections d'un musée que plus d'une ville plus importante envierait, le regard du visiteur embrasse un immense et admirable panorama. Au nord, aussi loin que l'œil puisse parcourir le cercle de l'horizon, comme une immense mer d'émeraude, les plaines et les légères ondulations des coteaux, où festonne à profusion la vigne, verdoient dans une gloire de lumière, sous l'irradiation du soleil, de Coursan à Quarante, de Quarante à Bize, et de Paraza à Lézignan, puis aux Corbières qui se dressent au couchant, blanchâtres dans la réfraction des flamboiements solaires, et courent éblouissantes d'intolérables réverbérences vers les Pyrénées lointaines que le Canigou domine de sa majesté immaculée ; tandis que la vue s'égare complaisamment à travers les mirages de la Salenque et du

Roussillon, dont les verdures bleuissent
là-bas dans le vague effacé de la *huerta*
de Perpignan. Au sud, éblouissement in-
fini, dans l'insoutenable limpidité de l'atmosphère, diffusion radieuse de saphyr
fluide et de clarté vermeille, la mer.

Frangée de mousse d'argent, sur la violence du bleu cru des eaux la sinuosité du
rivage se détache, arrondissant sa ligne
scintillante, de La Franqui à l'embouchure de l'Aude.

Plage charmante et douce, lorsque le
vent du golfe la laisse en repos; — terrible quand gronde le temps du large et
que la mer, la recouvrant tumultueuse-
ment, toute entière s'avance mugissante,
comme si des meutes rauques couraient
avec elle, par delà les cabanes des pêcheurs de la Vieille Nouvelle, les colmatages sauvages et les bordures de tamaris,
jusqu'au talus du chemin de fer de Perpignan, presque dans les étangs, dont les
eaux refoulées remontent alors, sous l'effort du courant, traçant leur passage dans
le chenal par une traînée sombre au milieu de la verdeur claire des flots courts,

saccadés, encrêtés d'écume. Mais à l'ac-
calmie, et quand le ciel s'est pavoisé, elle
est délicieuse, toute brillante, avec sa bor-
dure de montagnes dentelées, au nord-
ouest, les toitures bariolées des maisons
de la petite ville maritime qui se développe à l'entrée de l'ancien port des Romains, au débouquement du canal de la
Robine, le va-et-vient des bricks, des vapeurs marseillais, des tartanes espagnoles
ou majorquaises, et des barques de pêche
coquettement penchées, alertes sous leur
voile latine, avec ses groupes de cabanes
couvertes de roseaux, à la façon des pail-
lottes ou comme une restitution de quelque tableau de Théocrite ; et sa vieille
tour hâlée, brûlée, rongée par le vent, les
soleils et les embruns, que surmonte le
poste des pilotes, et son petit fortin pacifique et bon enfant où somnole une véné-
rable bombarde, sa jetée, son môle; puis
l'immense étendue de l'arène blonde, coupée de très loin en très loin par un buis-
son au feuillage cendré, dont l'ombre
grêle ponctue à peine cet étincellement de
désert, depuis Leucate qui domine le ha-

vre de La Franqui, jusqu'à la vision du
rocher et de la tour Sarrazine de Gruissan, montant comme un mirage dans la
fluidité de l'atmosphère embrasée. De
l'autre côté du canal qui sert de port à la
jeune rivale de Cette, le sable prolonge
avec la monotonie des syrtes d'Afrique sa
longue bande d'un roux fauve pailletée de
piqûres diamantées par les miettes de co-
quillages que tritura le flot éternel. Rien
qui interrompe l'horizon, qui arrête l'élan
du regard, qui détache et qui échelonne
les plans. La ligne d'indigo mouchetée
d'argent des vagues, tranche durement sur
le ton chaud de jaune indien du rivage.
Quelques mouettes tourbillonnent, pa-
reilles à des flocons dans un bain de vapeur d'or. Et au-dessus de la mouvante
étendue courent confusément les rumeurs
de l'espace et les bruits de l'abîme,
comme des appels étouffés de l'invisible
Au-delà, ou des murmures de voix incer-
taines, échos atténués de la chose éternelle, soupirs égarés de la langue divine
dans laquelle les poètes primitifs scandè-
rent les premiers mots du rythme sacré.

de l'immuable nature.

La Franqui, La Nouvelle, Gruissan ; ce sont nos trois points de repère, les trois avant-ports possibles, dont l'un existe déjà à l'état de port de commerce, fréquenté par des bateaux de moyen tonnage, et où des travaux sérieux ont commencé à être faits. La Nouvelle a sa clientèle, et, quoi qu'il advienne, la création de la vaste rade, des docks, de l'outillage que nécessitera le canal, lui profitera de toute façon : elle sera la première à en bénéficier.

En arrière de la plage, de Gruissan à La Nouvelle, cette chaîne rocheuse qui répercute le soleil, c'est la Clape, où l'abeille, rivale de l'Hymette, butine sur les maigres végétations aux brûlants arômes les sucs dont elle fait un miel délicieux. C'est elle qui détache comme une sentinelle avancée le roc abrupte où se dresse la tour de Gruissan ; quand souffle la tempête, la mer s'y jette furieuse, avec des mugissements de rage ; c'est alors une effroyable escalade de vagues. Ce rocher et cette chaîne forment une défense natu-

relle inappréciable. Les batteries établies
sur ces hauteurs, croisant leurs feux avec
celles de La Franqui, tiendraient au large
l'ennemi que la pauvreté des fonds empê-
cherait d'ailleurs de trop avancer.

Du pied de la Clape, au nord, jusqu'aux
portes de Narbonne, sur une superficie de
près de six mille hectares avec leurs bordures de lagunes verdissantes, peuplées de
minces roseaux et de joncs géants, des
étangs, vers l'ouest, prolongent leurs eaux
grisâtres aux reflets glauques nuancés d'o-
cre ou de teinte neutre, selon le ciel et
selon le vent, qui bat et entre-heurte leurs
petites vagues dangereuses aux embarca-
tions légères, jusqu'aux maisons de Bages
et aux salines de La Palme, pour revenir,
au-dessous des riches vignobles de Sigean,
à La Nouvelle, où s'ouvre leur grau principal. Coupés par le canal de la Robine et
par le chemin de fer de Narbonne à Perpignan, Cerbère et Barcelone, dont on
aperçoit les lignes courir parallèlement
jusqu'à Sainte-Lucie, à travers les verdures
qui ondulent au vent des lagunes et des
plantations de Mandirac, ces étangs for-

ment deux bassins, l'un, à l'est, de 1500 hectares, qui communique avec la mer par Gruissan ; l'autre, plus vaste et plus libre, à l'Ouest, de 3600 hectares.

Le terrain qui les entoure au nord-est et à l'est est plat, en partie marécageux comme celui des environs d'Aigues-Mortes, d'une admirable fertilité dans les parties complètement colmatées, propice à une grande culture maraîchère, à des pacages, à des vergers, à des plantations de vigne. Ailleurs la physionomie du pays rappelle les parties basses de la Camargue, semblable de loin à une savane verdissante, véritable lac de roseaux et de joncs, sous lesquels s'agite obscurément la vie mystérieuse des eaux alourdies de limon, variées çà et là par de grandes touffes de tamaris, d'une grâce mélancolique quand tombe le soir, avec leurs houppes frangées de rose qui pâlissent dans la décoloration du crépuscule, et leur feuillage vaporeux où les tièdes bouffées de la brise qui se lève passent avec des balbutiements de douces lèvres invisibles et l'on ne sait quels éveils de poésie antique, tandis qu'au lointain le bourdonnement de la mer monte confusément dans l'espace.

L'Aude y coula naguère. Le fleuve se jetait dans la Méditerranée par un large estuaire, à l'endroit même où sont aujourd'hui les étangs et où les ensablements ont depuis formé les plages de la Nouvelle. Ce fut l'époque de la splendeur pour la noble cité de Narbo Martius. Capitale de l'orgueilleuse Narbonnaise, elle dominait sur une contrée opulente, sur des eaux fréquentées ; son port avait un des premiers commerces de la Mer Intérieure, ses teintures de pourpre étaient réputées, la richesse affluait dans ses comptoirs, les galères et les trirèmes se pressaient sous ses murs ; Minerve et Neptune la protégeaient également, et, si du sang de la Louve elle avait reçu l'héroïsme, Vénus Astarté avait pour elle un sourire. Et lorsque ses marins, revenant de charger aux salins de Sallèles et d'Ouveillan, apercevaient au passage le fronton de marbre de son Capitole, c'était avec un juste élan de fierté nationale qu'ils saluaient le temple de la grandeur romaine et des divinités de leur pays.

Il fallut dans les premiers siècles de notre ère une formidable inondation de cette Aude, au cours turbulent et dangereux, pour qu'un tragique cataclysme arrêtât le développement de cette puissance et ruinât ce port si prospère. L'estuaire, fut envasé. L'excès des sédiments fit détourner le fleuve qui, obliquant à l'Est, se fraya un passage jusqu'à la mer, par la plaine de Coursan. Une peste se déclara, qui décima la population et fit déserter ces parages. Ce qui restait de marins et de pêcheurs abandonna des bords qui paraissaient maudits. La condamnation a pesé depuis lors sur les étangs formés par l'ancien estuaire. Leur colmatage naturel s'opère peu à peu, avec une extrême lenteur ; mais sûrement. La partie marécageuse augmente, et les émanations délétères en deviennent chaque année plus sensibles. C'est une question de vie ou de mort pour ce pays. Si l'on veut prévenir la *mal'aria*, il faut, dans toute l'étendue, complètement colmater au plus vite, ou draguer, donner du fond et rétablir un courant.

Les auteurs du projet actuel se désintéressent de la question des débouquements, laissant à l'Etat de choisir les points qu'il jugera les plus favorables. Mais certains ingénieurs semblent incliner au colmatage des étangs et à l'ouverture du port à Gruissan.

L'intérêt de la population, celui de l'entreprise, la sécurité de la marine réclament une autre mesure. Six mille hectares ne sont pas en un jour transformés en terrain solide et salubre. Un mémoire propose de colmater immédiatement 1,000 hectares, et 200 chaque année dans la suite. La réalisation de ce plan sera-t-elle facile? Il est vrai qu'on disposera de déblais considérables. Mais la saturation du sous-sol disparaîtra-t-elle aussi vite qu'on paraît l'espérer? En admettant que l'établissement de la surface puisse être — ce qui est douteux — obtenu aussi rapidement, ne subsistera-t-il pas le grave danger des émanations et des miasmes pestilentiels? On courra le risque de faire des

environs de Narbonne une immense ma-
remme, sans créer le port vaste, imposant
et sûr qui est nécessaire au canal sur la
Méditerranée.

Si, au contraire, on se décide, au lieu
de dessécher les étangs, à les utiliser, on
a l'avantage d'ouvrir une rade immense,
admirablement située et d'une sécurité
parfaite, de procurer du large à tous les
établissements industriels, commerciaux,
militaires, qui ne manqueront pas de
s'établir sur les hauteurs, depuis les Qua-
torze jusqu'à Sigean et à La Nouvelle, de
donner satisfaction à tout le pays de l'ouest
sans nuire aux intérêts de l'autre versant,
de procurer à Narbonne même une importance plus grande, et de faciliter enfin
le colmatage des lagunes environnantes,
par l'écoulement de leurs eaux dans ce
vaste bassin.

La superficie totale des étangs de Gruissan est de 1,500 hectares, avec des fonds
moyens de 0^m,80. Celle des étangs de Sigean est de 3,600 hectares, avec des fonds
de 1 mètre et 1^m,30 qui, en certains endroits, dépassent 2 mètres. L'hésitation

ne paraît pas possible. Que Gruissan soit
comme La Nouvelle une annexe commerciale du grand port, une station qui pro-.
fitera largement de l'énorme prospérité
qui ne tardera pas à se développer tout
autour de la rade. Comme marine et
comme industrie, il y aura à faire suffi-
samment, lorsque le cabotage y affluera,
que ses corderies auront peine à suffire
aux commandes, qu'une école de torpilles
y sera installée peut-être, et qu'un tram-
way à vapeur, en outre d'un service de
navettes semblable à celui de Toulon à La
Seyne, reliera son petit centre à celui de
Narbonne. Tandis qu'un magnifique hô-
pital maritime, sur le modèle de Saint-
Mandrier, serait créé à La Franqui, La
Nouvelle ne serait pas moins bien partagée. La clientèle commerciale serait dé-
cuplée. Son chenal amélioré et agrandi
servirait de seconde entrée à la rade pour
les bateaux d'un tonnage moyen. Les
étangs de Sigean, avec leur vastitude qui
permettrait à une escadre de se tenir hors
de la portée de tout projectile, en admettant même qu'une division ennemie pût

arriver à la jetée de La Nouvelle, d'où la
faiblesse du tirant, le feu des batteries et
les torpilles la tiendraient irrésistiblement
éloignée; avec leurs fonds, qu'il suffira
d'un dragage pour amener à 10 mètres,
car ils sont le produit des envasements et
la sonde n'y trouve pas le rocher; avec
leurs défenses naturelles, la Clape, Leucate, Sainte-Lucie, les hauteurs de Sigean, l'île de l'Haute, et au loin, domi-
nant la côte, les Corbières qui rappellent
le Faron et le Coudons; avec la ligne de
fer de Narbonne à Perpignan, déjà installée, qui desservirait à merveille les établissements et les quais, et la ligne de La
Nouvelle à Narbonne par Sigean, La
Palme et Bages, qu'on ne manquerait pas
de créer, qui est réclamée par toute la région de ce côté, et qui ferait descendre
vers le port l'afflux important de tout le
tonnage de la Corbière; les étangs appa-
raissent au contraire comme devant être
le centre même du développement maritime, la rade militaire et la station commerciale seule digne de la grandeur d'un
projet tel que celui du canal. Docks, arse-

naux, usines s'élèveraient à l'ouest. Un
canal facile à creuser, sans écluses, uni-
rait la grande rade à La Franqui, dont la
baie constituerait un avant-port d'une
beauté, d'une sûreté uniques. A l'endroit
même où les galères romaines, il y a des
siècles, accostaient, où l'on voit encore,
non loin du Cagarot, les anneaux qui ser-
vaient à les amarrer, scellés dans les pier-
res rongées par le flot, passeraient glorieux les grands steamers et les frégates
cuirassées ; les chaloupes et les torpilleurs
cingleraient rapides entre les transports et
les remorqueurs. Où le matelot des vieux
âges poussait son cri d'appel, au Clama-
dou, retentirait l'écho sacré du travail,
l'hymne du progrès moderne. Tous les
intérêts seraient également conciliés et
servis, tandis que Narbonne, justement
fière de ses destinées, verrait dans ses
eaux, de tous les côtés abritées, affluer le
commerce du monde, se développer la
puissance maritime du pays, et son antique fortune revivre avec la prospérité
nationale sous le drapeau de la République.

Telle doit être dans son ensemble la grande œuvre nationale. Tel doit être le port de Narbonne. Et si haute est leur importance, si étroite est leur connexité qu'il paraît inadmissible que la France puisse hésiter à en réaliser l'admirable entreprise, ni qu'on exécute l'un sans commencer l'autre.

IX

IX

C'est d'elle qu'il s'agit : la Patrie ! Que
la spéculation, comme nous l'avons montré au passage, y trouve son compte; tant
mieux. Mais l'enrichissement de quel-
ques-uns ne saurait être ce qui nous passionne. De mieux et de plus haut vient
notre enthousiasme, procède notre confiance.

Le commerce, l'industrie, l'agriculture,
atteints par une crise aussi longue que
douloureuse, sont menacés de ruine. Il
faut les sauver.

Le peuple souffre. Il faut s'efforcer de
lui assurer le travail, le bien-être et la sécurité.

La France est amoindrie. Il faut rele-
ver sa fortune et son prestige.

Le canal des deux mers, par l'abréviation des transits, la facilité et l'augmenta-

tion du trafic, l'affluence des affaires; par
la création de forces motrices et de manufactures, par les submersions et les irrigations, est destiné à procurer et à maintenir le travail, à affermir le crédit, à faire
prospérer les vignobles, à multiplier les
produits agricoles, à enrichir l'industrie,
à nous affranchir des nations rivales, à
accroître notablement la fortune publique, à annihiler Gibraltar, le Gothard,
Salonique, à rendre notre marine prépondérante, à ranimer notre cabotage, à favoriser l'Algérie et la Tunisie, à nous
restituer l'apanage de la Méditerranée.
Par la facilité des concentrations navales,
il assurera notre défense mobile et notre
unité maritime. C'est par excellence une
entreprise économique, sociale, patrioti-
que.

Il s'impose.

Les jalousies, les rivalités nous blo-
quent, nous serrent chaque jour davantage et s'efforcent de nous perdre en nous
isolant. L'activité humaine s'attache à
trouver de nouveaux débouchés. Le besoin d'ouvrir des routes directes, d'inno-

ver des abréviations redouble avec la
concurrence. Tandis que chez nous on en
est encore à signer le décret autorisant le
commencement des travaux du canal du
Rhône, indispensable au midi pour les
irrigations et pour les submersions, ou à
discuter le projet de Paris Port de mer,
les Anglais envahissent la Méditerranée et
se rendent inexpugnables sur la route des
Indes; l'Autriche se développe dans l'A-
driatique; l'Italie fait à Marseille et à
notre transit une concurrence ruineuse;
l'Allemagne gagne de tous les côtés, par
Hambourg, par le Gothard, par Salonique; on perce Panama, dont nous ne se-
rons pas les premiers à profiter, on perce
Corinthe, et, lorsque l'ouverture aura été
pratiquée du golfe de Lépante à celui de
Saronique, il n'y aura plus du cap Su-
nium à l'embouchure de l'Aspropotamos
qu'un canal par lequel les produits de la
Grèce et des pays au nord de celle-ci trouveront des débouchés à l'est et à l'ouest;
mais dont le Commerce du Levant fera
aussi une voie préférée. Tout le trafic de
l'Adriatique, des golfes de Gênes et du

Lion, et même en partie celui des côtes d'Espagne, avec l'Orient, y trouveront l'avantage de rectifier la grande ligne en évitant le cap Matapan et ses dangers par les gros temps, et de diminuer le trajet de 183 milles marins ou 246 kilomètres, de Trieste et des ports de l'Adriatique à Athènes; de 84 milles ou 156 kilomètres, de Gênes et de Marseille; de 38 milles ou 70 kilomètres, des côtes d'Espagne. Une aussi notable abréviation dans le trajet de l'Est à l'Adriatique attirera aux ports de cette mer et à la ligne du Gothard, une clientèle encore plus considérable et nuira plus encore aux intérêts français.

Plus loin, au-delà des Océans, nos infatigables rivaux créent des concurrences nouvelles. Les Allemands viennent d'inaugurer la ligne de Berlin à Hong-Kong et à Shangaï, desservie par le Lloyd, dans des conditions exceptionnelles de confortable, d'infériorité de tarifs et de supériorité de vitesse : trajet en 34 jours. Le 30 juin 1886, le steamer *Habsbourg*, battant pavillon allemand, est parti du port de Brème, pour faire escale à Anvers, passer

Gibraltar, rejoindre dans la Méditerranée la malle partie de Berlin *via* Brindisi, traverser Suez et gagner la Chine.

En même temps, l'Angleterre a livré à la circulation sa ligne américaine du *Canadian Pacific rail road*, qui part de Halifax, sur la côte de l'Atlantique, touche à Montréal, aboutit à Port-Moody, sur la côte de la Colombie, avec un parcours de 2876 milles, et qui sera prochainement complétée par un service de paquebots allant de Port-Moody au Japon et en Chine. Le commerce anglais communiquera donc avec Shangaï en 28 jours, avec une avance de 6 jours sur la nouvelle ligne allemande, avec l'avantage, surtout d'avoir créé une voie exclusivement britannique. Nos rivaux tenaient l'Asie par Gibraltar, Suez et Aden; ils vont la tenir par le Canada, ligne politique autant que commerciale; comme si la Cité avait quelque pressentiment de la création et des résultats de notre Canal, et qu'elle eût pris à l'avance ses mesures en prévision de la déchéance qui en serait pour elle la conséquence dans la Méditerranée.

Toutes les rivalités, on le voit donc, toutes les convoitises, tous les efforts des grandes puissances tendent à l'emporter dans la lutte économique, à accaparer les routes du monde, à absorber le transit, à devenir les entrepositaires et les fournisseurs du continent et à primer sur les marchés. Dans ce but elles développent leur marine, elles multiplient leurs comptoirs, elles recherchent les communications les plus brèves, les plus directes, luttant de vitesse pour gagner sur les marchés. Le duel est engagé entre les chemins de fer et les voies navigables, et la victoire, après avoir été en faveur des premiers, paraît devoir revenir à celles-ci, et définitivement leur rester. Le peuple le mieux outillé, le mieux armé pour la lutte commerciale, ayant le plus de relations éparses, en possession de la ligne la plus courte du transit universel, sera incontestablement le plus prospère et le plus puissant de tous. La France a tous ces priviléges : il ne lui manque que de vouloir, par un suprême effort, en profiter. Placée sur la transversale de l'Orient à l'Occident, à l'intersection de ce courant avec celui du Nouveau-Monde, qui lui arrive par l'Atlantique, en relations par les voies intérieures avec l'Europe entière, ouverte sur deux mers, riche, industrieuse, forte, honorée, avec l'Algérie à ses portes, elle n'a plus à désirer que ce passage de la Méditerranée à l'Océan, livré aux deux transits du globe pour avoir la prééminence. L'abréviation, la commodité, l'économie des relations seront telles, par le Languedoc, que ni Panama, ni la *Dominion* pas plus que l'*Union line*, ni le Lloyd allemand de Brême et Berlin à Shangaï, ni le canal de Corinthe, ni la ligne du Gothard, ni celle de Salonique ne pourront prévaloir ou seulement lutter contre la supériorité de cette route. Le courant des intérêts est irrésistible, et le courant des intérêts passera par là.

Que de millions! Que de produits! Quelle prospérité, quelle force, quelle vitalité prodigieuses! Et que de travail assuré, c'est-à-dire quel bien-être pour le Peuple!

Les hostilités déjouées, Gibraltar éludé,

la France plus grande, un peu plus de prestige pour ses couleurs, un peu plus de satisfaction pour ses enfants; ah ! n'est-ce pas assez pour vaincre les hésitations, pour décider tous les enthousiasmes ?

Elever la France, n'est-ce pas travailler au Progrès, n'est-ce pas servir l'humanité ? Quelle revanche, celle-là !

Et quelle allégresse aussi, quel triomphe, quand les flottes du monde, traversant notre Languedoc, rendront hommage à notre puissance et à notre génie, contribueront à notre grandeur restituée, et que, dans le rayonnement du soleil méridional, comme dans une apothéose, de leurs pavillons orgueilleux, leurs vaisseaux adresseront leur salut à ce drapeau qui est celui de la Patrie Française, le symbole du Droit et le guidon de la Liberté.

FIN

Mai-Juillet 1886.

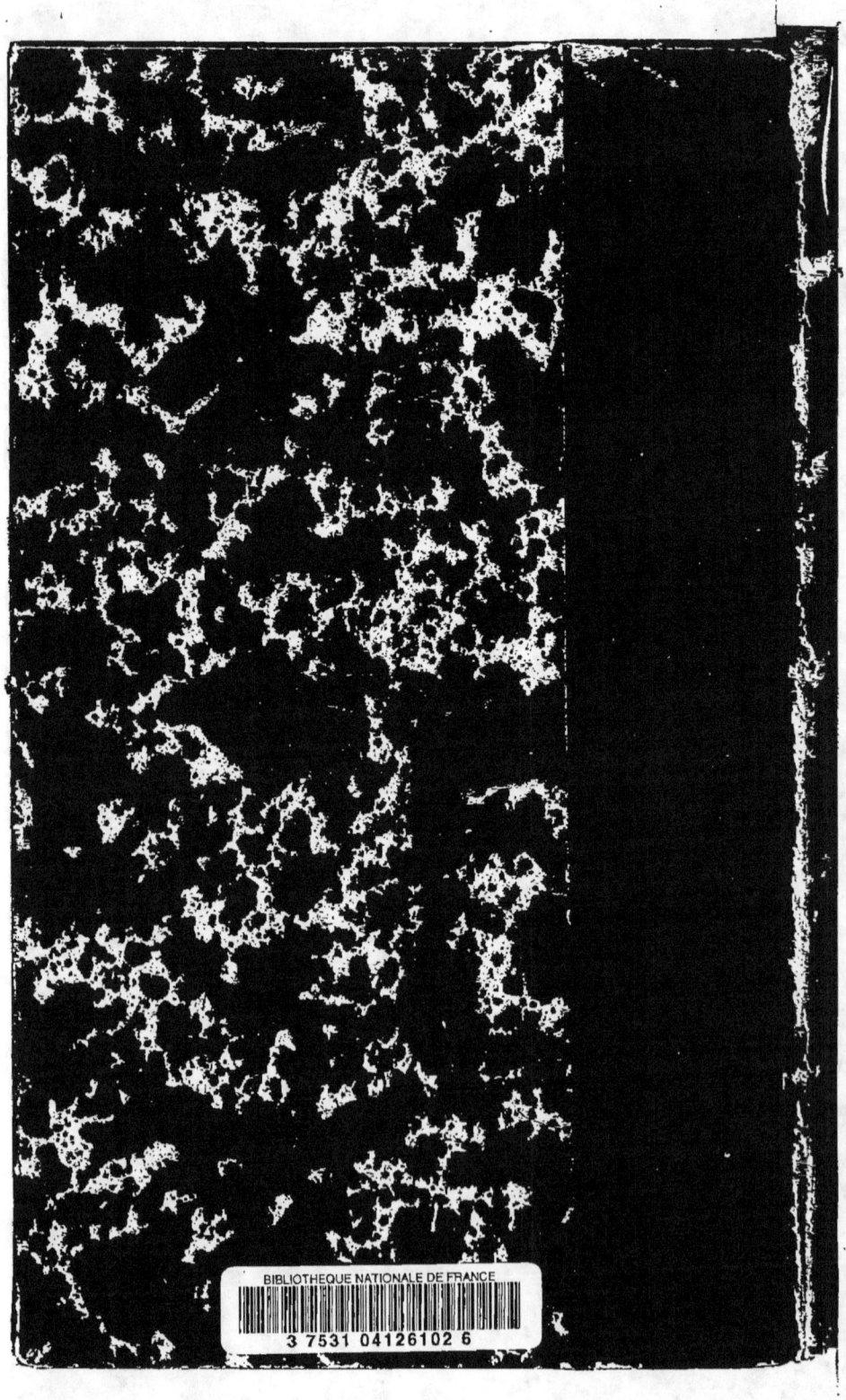

BIBLIOTHEQUE NATIONALE DE FRANCE

3 7531 04126102 6

www.ingramcontent.com/pod-product-compliance
Lightning Source LLC
Chambersburg PA
CBHW051637050726
47502CB00011B/994